Éditions Il Est Midi

ALERTE
ROUGE

Un roman de
Sylvie LELUIN

DU MÊME AUTEUR

Victime, jamais plus
Paru aux Éditions France Europe Éditions
en 2002

Dans les yeux d'Aïna
Paru chez l'Harmattan
en 2020
Finaliste édition 2020 du Prix Littéraire Mondial « Livre Aster d'Or » section « NARRATIVE ÉDITÉ »

À Loïc,
Et à tous les disparus,

PRÉFACE

La nuit du 2 octobre 2020, la tempête Alex a frappé les Alpes-Maritimes au cœur, transformant nos vallées en un théâtre de désolation où s'est jouée l'une des pires tragédies que notre territoire ait pu connaître au cours de son histoire.

Dans ce décor funeste, que nous aurions aimé ne jamais voir s'ériger, chacun a joué son rôle, qu'il s'agisse des éléments déchaînés, acteurs du chaos, des habitants en péril, éperdus, mais solidaires, ou des secours bravant héroïquement le déluge.

Et lorsque le rideau s'est refermé, au lendemain de la catastrophe, c'est avec effroi que nous avons pris la mesure de l'étendue du désastre.

Plus que des routes, des ponts, des infrastructures, ce sont des vies que les eaux en furie ont cruellement emportées sur leur passage, et autant de proches et amis endeuillés auxquels nous joignons nos larmes.

Ce sont aussi bien d'autres âmes que cette nuit d'horreur a traumatisées à jamais, certaines côtoyant la mort de près, d'autres perdant leur maison ou leur outil de travail.

Ces événements demeureront dans nos mémoires telle une blessure indélébile.

Et c'est bien ainsi que je le ressens, moi qui suis si intimement attaché à Saint-Martin-Vésubie ; à cette vallée où sont mes racines familiales et mes souvenirs d'enfance ; à cette terre que j'ai le privilège de connaître en profondeur, aussi bien pour ses trésors naturels que pour tous ces visages familiers qui la composent, et en perpétuent l'identité et les traditions ; à ce territoire où, tout au long de mon existence, sur un plan personnel comme dans l'exercice de mes mandats, j'ai vécu tant de moments heureux.

Mais cette meurtrissure, aussi violente soit-elle, s'accompagne aussi d'une détermination sans faille à gommer les cicatrices du présent et tourner nos villages vers l'avenir. Pour cela, l'union des pouvoirs publics et des habitants, admirables de courage et de fraternité, constitue un véritable atout que je n'aurai de cesse de défendre.

Pour favoriser la résilience collective, comme souvent en pareille circonstance, il est également important de parvenir à poser des mots sur les maux.

L'humanité a toujours trouvé dans l'écriture un précieux allié à la suite de bouleversements majeurs. Ici dans la Vésubie, nous en avons un bel exemple, alors que s'amorce la reconstruction de nos villages dévastés par ce terrible épisode climatique, avec Sylvie LELUIN PAGNAC qui en a tiré une œuvre romanesque, *Alerte rouge*.

Puisse la force évocatrice de vos mots contribuer à la fois à porter témoignage des épreuves traversées et à transmettre un message d'espérance, dans l'amour d'un territoire à nul autre pareil.

Éric CIOTTI
Député des Alpes-Maritimes
Président de la Commission des finances du Département des Alpes-Maritimes

LE BORÉON

Je me nomme Boréon. Je prends ma source à 2200 m d'altitude au lac des Sagnes. Je suis situé dans le parc National du Mercantour. Affluent de la Vésubie, mon cours est réglé dans un ordre parfait qui n'est guère troublé.

Mais que sait-on de moi ? On ne me connaît qu'en surface, on ne goûte de moi que mes berges ou ma cascade de 40 mètres, que l'on admire depuis la route. Ensuite, je dévale jusqu'au village de Saint-Martin-Vésubie, pour m'unir à la Vésubie.

À la belle saison, les pêcheurs jettent leurs lignes dans mes eaux translucides, au pied des sommets. Je suis un cours d'eau sage, tranquille, dans mon écrin de verdure. Un doux tremblement enivrant qui berce les émotions dans la profondeur des sapinières.

Je suis un assourdissant tourbillon fluide qui emporte l'âme, dans un délire qui saoule. L'endroit est amène, vivent à mes abords des colonies d'insectes qui se gavent du pollen et du nectar des fleurs qui enivrent.

Je me « pénélope » derrière un paravent de pierres et de rochers, il m'isole du monde, me protège, fait écran, empêche mon accès, surtout de ceux qui rêvent de plages de sable fin.

Il brouille les pistes de ces estivants qui voudraient m'atteindre, il forme une défense qui neutralise et évite l'intrusion.

J'écoute souvent les gens, dans la grande famille des mots, les choisir pour s'exprimer sur moi en une longue panégyrie.

On me dit que je suis beau, un petit coin de paradis, vous voulez emporter de moi, l'odeur des bois, un lit de songes, le temps qui s'arrête, mes eaux conquérantes, mes vaguelettes qui caressent.

Je suis comme un long murmure, comme un chant éternel, et sans jamais me lasser, je chante comme un oiseau que rien n'arrête.

Quand vous êtes près de moi, votre esprit vagabonde, vos soucis, vos regrets s'en vont, au fil de mon courant.

Mon fredonnement est le bruit du bonheur, qui monte de mon buste et vous laisse rêveur, il vous parle, vous enchante, il respire la vie, dans la nature en fête.

Vous voyez en moi un trésor qui raconte les heures à venir, faites de siestes, d'heures vides, le visage exposé au soleil, le verre à la main.

Là, la magie des vieux rêves opère et je berce de tendres songes, franges de lune, perles d'étoiles, douceur des jours d'été.

Je fais danser les ombres des mélèzes, vibrer de joie les enfants qui se poursuivent, flamboyer les fougères, luire la mousse gorgée de mes flots.

Sur mon onde calme et noire, les bambins plongent leurs mains jointes en une vasque et humectent leurs lèvres. Alors, ils se sentent renaître par ma force et ma fraîcheur.

Une envie irrépressible de se baigner les prend, ils se dévêtent, ils sont inondés de volupté et mes ondulations se pressent contre eux, comme de suaves sensations.

La tentation les incline à une bienveillance sensuelle et ils me regardent avec la sympathie et l'appétit qu'inspire toujours, une source généreuse.

Ainsi, le moindre souffle devient caresse, l'ombre la plus banale une présence, un reflet sur mon onde fait ressortir une origine mythique et les vieilles légendes assoupies le long de mes berges, ressurgissent en certitudes étonnantes.

À l'automne, j'entame des chants plus sonores, je me gave des ondées célestes, pour célébrer l'arrière-saison.

Je dis adieu à la vive clarté des étés trop courts, à cet ami qui dans un dernier sourire, ferme avec moi ses lèvres pâlissantes, quand le vent passe comme un joueur de flûte.

Et quand arrive l'hiver, chargé de froidure, de nuit, de nuages et de glace, mes aubades se taisent sous la neige qui soupire.

Le grand tablier blanc du froid mordant givre mes os et me laisse presque immobile et sans voix. Et je suis là, tout tremblant, dans l'interminable ennui des jours mornes, gercés de fraîcheur, alors je m'endors, sous un tapis de neige.

Puis lentement, je berce avec des refrains d'espoir, l'attente du retour du printemps. Bientôt, les arbres se rhabillent de leurs parures pastelles, jonquilles, crocus et gentianes enchantent les prairies, le Dieu printanier se promène en flânant, son reflet diapre mon eau claire.

L'été, je suis là, somnolent au creux de ma couche, comme une belle femme lascive, je m'étale et sur mes berges paisibles, chacun peut écouter mon clapotis sonore et frémissant qui chante la nature, chacun peut se mirer dans mon flux, couleur menthe à l'eau.

Dans le berceau du jour, vous écoutez le ronronnement de mon écoulement, propice à la rêverie, aux songes et aux chimères, la partition de ma symphonie fluviale parfois grave, parfois légère.

Chacun m'observe et m'admire dans mon lit de froufrous argentés, j'ondule de mon fluide érotique, j'appelle et invite les enfants à venir s'asperger en mes ondes pacifiques, où le vert et le bleu s'aiment tendrement.

Chacun oublie le temps qui défile, je m'écoule comme une matière invisible, incolore, imperceptible.

Mais personne ne connaît mon secret, mes eaux s'en vont jusqu'à la mer, mystérieuses et silencieuses. Chacun s'observe, séparément, sans jamais se rencontrer.

Souvent, les humains m'approchent timidement, regardent mon flot s'écouler et tanguer gracieusement en des ondulations subtiles, une rythmique désinvolte et onctueuse. Ces images défilent dans leurs têtes, appelant au rêve.

Quelques-uns ne veulent pas déranger mon cours, mais demandent en s'adressant à moi : « affable rivière, nous prêteras-tu, dans un de tes jolis méandres, un morceau de ta berge argentée pour nous y reposer ? ».

Alors sur ma rive, ils s'octroient un pique-nique, grignotent et s'abreuvent les pieds dans mon onde et les cheveux au vent, c'est leur façon de rentrer en contact avec moi.

Et bientôt, ils s'abîment dans une torpeur proche de la prière, allongés dans l'herbe qui me borde, les yeux perdus dans le ciel estival.

Le corps alangui, ils flottent, le temps passe, ils oublient l'heure du retour, jusqu'au soir qui tombe.

D'autres, ne connaissent que des comportements égoïstes ou incivils en souillant et en polluant mes berges ou en détournant mon cours avec des retenues d'eau sauvages.

Alors je parle aux arbres, je plonge dans mon isolement, je me sens observé, mais finalement, je suis si seul…

D'autres encore, ont une conception tout à fait individualiste consistant à faire tout ce qu'ils veulent, quand ils veulent. Et la supériorité de ces humains est si vive, qu'en dehors d'eux-mêmes, je compte comme poussière.

Ainsi, me revient, cet arrière-goût de tragédie pour moi, attaché à la naissance du barrage en 1960.

Vous m'avez contraint et pour vos besoins, vous avez créé un lac artificiel d'une retenue de 115 milliers de m3 sur une surface de 210 hectares.

Vous ne vous êtes pas adressés à moi directement, mais j'entends encore vos messages, escortés d'un tourbillon de questionnements.

Vous, dominateurs, vous voulez asservir ma nature, bâtir des murailles pour guider l'eau de mes entrailles ! Je ne comprenais rien à ce qui m'arrivait et toutes ces énigmes me paraissaient dénuées de sens.

Votre esprit industrieux a jugé mes rebords perfectibles et vous m'avez bloqué dans vos conceptions hydrotechniques, en altérant mon apparence, en me métamorphosant. Esprits humains, vous avez des besoins incessants !

Ainsi, vous prenez de nouveaux droits, en me faisant esclave, vous vous sentez les rois, pensant que ma nature soumise est votre prolétaire, vous avez comblé une partie de vos exigences insatiables.

Vous avez installé en moi cette retenue, comme un corps étranger qui a colonisé mon lit et tous les espaces libres que j'avais laissés en friche, volontairement.

Vous m'avez fabriqué ce contenant en greffant un peu de drame sous ma peau, à coup d'excavatrices et de pelles mécaniques.

Vos agencements, je les devinais par les résonances, les échos, les cris, les martèlements, les coups, les percussions annonçant les raclements, les grignotages, les érosions, tant de choses répétées, récidivées.

Vous avez, en tous points, entamé mon espace, sans respect, vos machines se sont vautrées dans mon lit, insensibles engins, qui foulaient toute ma terre de leurs pics brutaux.

Ah ! que ma couche a bu la sueur de votre labeur. Contre moi, hommes, vous avez pris les armes et bientôt m'ayant vaincu, votre ouvrage a fait trembler mon ventre.

Entre deux sinuosités, vous avez creusé mes flancs. Au début, c'était imperceptible, puis vous avez fouillé mes alluvions, ce n'était presque rien et pourtant c'était énorme.

Que pouvais-je faire ? Vous m'avez dompté, je vous ai laissé creuser en mon sein et de mes tripes, impassibles victimes, source pour vos appétits puissants, vous avez tiré, votre électricité.

Bientôt, j'ai eu le sentiment de camoufler une mystification, celle de faire croire au monde que j'étais comme avant, alors que je savais, qu'il n'en était rien…

D'abord, j'ai réduit cela à des procédés par lesquels je devais passer et je continuais à penser que rien ne me changeait vraiment.

Mais ensuite, je n'ai plus supporté mon apparence altérée que les ouvriers avaient métamorphosée. Pourtant, j'ai continué à couler sans retour ni pardon, rempli d'amour offensé…

Je me sens mal, isolé à jamais dans le vide de ma nouvelle posture, captif de votre œuvre. Et je porte cette enveloppe comme une arme, figé dans un mal-être vertigineux.

Ensuite, vous m'avez étalé sur vos papiers glossy et vos catalogues, comme une image qui racole, pour inspirer le plaisir et attirer vos touristes.

Vous me racontez souvent sur vos cartes postales en de gentilles platitudes et parfois dans une surprenante inspiration, vous me révélez avec des termes ardents, des tournures prodigues qui me prennent en otage.

Vous avez fait de moi, une idole pour vos week-ends et vos vacanciers rêvent de mon site où je plane entre deux identités, celle que les gens s'inventent et cette autre réalité qui leur échappe complètement, venant des mains de ceux qui m'ont façonné et emprisonné.

Le temps rythme le long ruban de mon infinie tristesse, menaçant, érodant, rongeant jusqu'à la condamnation finale, ma déchéance, le temps me tient, m'aveugle.

Vous vous êtes servis de mon corps, vous avez régulé mon débit, vous avez stocké mon fluide, en parlant de coûts et de rendements. Je ne comprends pas, pourquoi ça m'est arrivé à moi ?

J'ai tellement besoin d'être escorté par le martèlement de mon courant, par les galets qui se laissent rouler, je ne veux pas me conformer.

Votre urbanisation à tout va et vos constructions sur mes abords ont fait que je ne peux plus, dérouler naturellement mon grand trait liquide, ni m'engouffrer à mon aise entre les monts, à mon gré.

S'étale devant moi, ce grand cataphote de lac artificiel, mais au lieu d'une gémellité apaisante et complice, se creuse en moi, un vide de questionnements, m'abîmant dans des explorations spéculatives, à propos de son intérêt.

Mes pensées se vident jusqu'à la lie de ce que j'étais et ce calice où je puisais jadis le nectar, dans le fond de cette coupe remplie de fiel, je ne sens plus à présent, aucune goutte de miel.

Dans un premier temps, j'opte pour l'adaptabilité, la soumission, ai-je le choix ? Je me réserve, j'observe ceux qui veulent me posséder.

Ce trait de caractère apathique me vaut ma réputation de rivière indolente qui me permet d'encaisser les coups, en ménageant mon angoisse et mon irritation.

Je dois adhérer à cette anatomie que vous m'avez fabriquée, sans tenir compte de ma véritable identité. Je me fais une raison, aux allures de déraison.

Alors, je décide de disparaître dans les replis sacrés de mon retranchement, de me tenir, une manœuvre subreptice, pour ne pas attirer votre attention. Je m'offre cette satisfaction désespérée sans retenue.

Comment je m'y prends ? J'étouffe mes grognements et j'ajuste mon écoulement sur votre rythme, une part de moi meurt, l'autre veille, je fais illusion, je me construis, dans cette survie…

J'encourage l'imagination des humains, qui veulent croire qu'un discipliné et complaisant cours comme le mien ne peut braver, ni en découdre, avec leurs agencements.

Mais la nature entière expire avec moi, comme le salut d'un allié, dont l'ultime gaieté annonce tous les outrages.

Je tiens mon rôle pendant que vous désagrégez mes abords qui grisaillent de vos routes et de vos constructions qui se dressent comme des frontons pierreux, gagnant mes berges.

Vous sillonnez mes abords, sous le vent qui gifle, sous les nuages qui s'étirent en rafraîchissant l'air, laissant s'étirer mollement des plages de soleil, vous faisant croire que l'été approche.

En posant votre regard sur moi, vous vous mettez à rêver, enchantés et hagards, à des perspectives envisageables de refuge.

Vous me rencontrez comme on rencontre quelqu'un, vous souhaitez rester pour faire plus ample connaissance et vous vous attachez, à mon endroit, mus par une attraction étrange.

Vous me menez alors, une guerre à grand coup de pelleteuses, vous tranchez ma verte campagne, avec vos chalets qui se bousculent, cachés derrière des haies, pour ne rien montrer ni dedans, ni dehors et où se chamaillent vos murs pierreux, avec vue imprenable sur mon cours.

Et voilà comment vos maisons neuves, fréquemment secondaires, entre refuge et départ, au visage indifférent, souvent sans âme et sans flamme, côtoient les anciennes qui se souviennent en pleurant, avec leurs lézardes qui ressemblent aux rides des vieillards.

J'évolue donc dans un état intermédiaire entre veille et sommeil, je vois mon apparence changer, j'assiste à ces mutations plus ou moins anarchiques, menaçantes, mais je ne bouge pas.

Je continue à m'étirer bien que toutes ces transformations m'effrayent.

Pourtant, je ne prétends à rien d'autre que d'être un torrent qui tombe des montagnes, un témoin sans rancune contre personne, je ne suis pas préparé, à ce que je subis…

Je connais des mutations spectaculaires, mais moi, c’est curieux de l'exprimer ainsi, je pense qu’une instance divine m’a programmé, pour ne pas rentrer dans le rang.

Je vous regarde élargir ma condition qui me garantit un destin hors norme et je me réserve, je ne me donne pas, j'espionne ceux qui espèrent me retenir.

Je me dissous dans un flot continuel, ainsi je continue à donner le change, pour couvrir ma hargne.

Pendant un temps qui n’en finit pas, qui se prolonge, toujours plus pesant, une éternité d’angoisse, d’attente se forge en moi.

Pourtant, je sais patienter, dans l’intervalle cruel de celui qui n’attend rien. Le temps se prolonge, sans fissures perceptibles, tout est lent, tout repose.

Or dans ce monde de pause, subrepticement, quelque chose vibre, se révèle, sensible à ce cosmos en suspension, au-delà de mes ondes sonores, pour les grossir, les réveiller, par de vibrants messages.

Ainsi, au terme de ce répit, je m’emballe quelques fois, inopinément, dans l’aven où je me tortille.

Dans un sursaut de révolte et d’autonomie, je tente de me défaire du miroir géant, que vous avez érigé, mais alors, plus forte que mes brusques acrobaties, la réalité s’offre à moi dans son incroyable évidence, je suis embastillé.

Longtemps, je me suis fondu dans un trait de caractère discipliné, un état passe muraille, me permettant de distribuer quelques coups, sans trop de profusion, ménageant mon état nerveux, endormant ainsi, votre vigilance.

Ainsi, vous avez pris votre orgueil pour livre souverain et dans cette société en délire, vous avez poursuivi vos calculs et compté vos gains.

Vous n'avez pas vu que le seul vrai pilote au regard attristé se tient à l'écart, vous m'avez oublié comme si j'étais mort, comme si je suivais ma route, sans tambour ni trompette.

Finalement, je suis crémeux d'aménité, de gentillesse, je n'offense personne ou si peu, si faiblement, juste une égratignure sur mes berges, sur lesquelles je dépose quelques larmes et bizarrement, je me sens encore plus seul.

Je plane longtemps entre ces deux morphologies, celle que vous m'avez créée et l'image que je me suis composée au fil du temps.

En fait, je ne me suis jamais adapté à ma constitution actuelle, même si ma nouvelle enveloppe vous paraît parfaite.

Parfois, des soupirs oscillent le long de mes rives, mais je sais les maquiller en vaguelettes. J'ai pourtant essayé de m'adapter, les humains s'émerveillant devant mon lac profond, clair et sage, aspirant la paix que je dégage.

Ils sont d'abord troublés par mon fracas qui se transforme en rumeur, puis en murmure, pour n'être plus qu'un friselis, quand le soleil étale ses larmes de lumière, sur ma retenue immobile.

C'est ainsi que je masque ma douleur, les gens auraient abhorré les drames affleurants de sous ma surface. De ce fait, j'étouffe les cris qui montent de mes entrailles et je me règle sur le tempo des vivants…

Sous ce masque résigné, j'endors votre méfiance, mais ma riposte que je savourerai plus tard, avec toutes les astuces nécessaires et toutes les duplicités, vous châtiera et vous punira.

Vous m'avez beaucoup admiré, mais que savez-vous de moi ? Vous ne connaissez que ma surface tranquille et vous allez me haïr, de ne pas vous avoir prévenu, d'avoir toujours coulé derrière ce paravent, car j'ai agi comme une politesse, en contrôlant mon écoulement.

Vous m'avez cru votre ami, nul ne songeait que ma vague endormie tenait en sommeil le gouvernail de vos âmes.

Et dans cette aurore, dans ce petit jour frais et tourmenté, je vais vous réveiller, je suis résolu, je suis Judas, je vais vous berner…

Un jour, je me vengerai en me lançant sur vous, mes tortionnaires, comme un dragon infernal, perfide, en crachant des gerbes fluides !

Je vous regarde me réduire à la grandeur de votre volonté alors que je me sens, moi, programmé pour un autre destin.

Je dédaigne vos affronts, je les méprise, prouvant selon moi ma supériorité. Alors, je vous dupe en me traînant comme un chien malade, désemparé, ratatiné au fond de mon lit.

La vérité est que je suis devenu captif de ce qu'on a fait de moi. Je suis seul, isolé à jamais dans le vide de ma nouvelle posture, interné dans cette contenance.

Alors je suis en rage, je veux déchirer tout ce qui m'empoisonne, ça hurle en moi, ça me pousse, ça me tire, ça me chahute, ça veut sortir.

Je change de ton, car grogne mon courroux ! Commencent alors les règlements de compte, avec tout ce qui est autour de moi, avec tous ceux qui m'acheminent vers un destin qui n'est pas le mien, ils sont partout, ils me hantent...

Je choisis comme dédommagement la colère et cette réalité s'est soudain cabrée en moi, elle est beaucoup moins complaisante que l'atmosphère ambiante, elle fonde mon rejet et soulève mon mépris.

Et bientôt, l'épaisseur de l'air s'est enroulée autour de moi, comme une purée de pois, j'absorbe l'irrespirable.

En fait, il s'agit bien de renouer avec mon énergie, avec mon courant, de prendre de l'ampleur, de régénérer mes réflexes, d'entrevoir une ouverture, de me recomposer.

Alors je vais faire en sorte que ces évènements vous sautent à la gorge avant que vous ne mettiez une main devant votre visage.

Je vais me révolter et inverser les choses, reprendre mon état de grâce, c'est la seule façon, pitoyable j'en conviens, de faire entendre ma voix, j'en viendrai aux mains avec vous, pour vous atteindre.

Je vais éveiller mes eaux fascinantes, énigmatiques où se dissimule un mystère plus lent, plus grave que le destin de votre espèce passagère.

Avec elles, j'animerai les roches, plus âgées que la vie, celles qui demeurent auprès de moi et qui, pour le moment, se laissent bercer par ma surface, mon ressac et le temps.

Alors, pauvres humains, vous allez payer pour tout ce que vous m'avez ravi, vous allez expier les coups portés dans ma ravine, vous allez fuir, épouvantés, devant mon courant démesuré, vous allez reculer, quand mon corps avancera !

Ainsi, mon regard se code différemment, une promesse de soulèvement dérive jusqu'à moi. J'ai l'impression que les éléments m'invitent à me préparer.

Je dois prendre de vitesse mon atonie, décrasser mes recoins poussiéreux que je me suis construits en guise d'existence, puisque c'est d'avenir, dont il s'agit soudain. Je suis à bout de survie !

Révolue la capitulation, achevée l'abdication, fin de la courtoisie ! En fait, à force de crever d'immobilisme, je crève de vos altérations ! Un levier puissant me propulse hors de ma servitude, je frissonne d'ivresse avec cette décision jubilatoire.

Je vais déployer un bras d'honneur à la face du monde, sortir de mon ajustement, de mon étranglement, de mes gonds, de mes suffocations, de mon essoufflement.

Pressé d'en finir, dans une hallucination foudroyante, je m'imagine ébouriffer mon échine, mon écume étincelle dans une nuée chatoyante, je contreviens aux règles de ma patience et je m'échappe enfin, du rapt des humains.

Mais pour le moment, j'attends mon heure, bientôt, vous lirez la tempête dans mes eaux, je vais déclencher la furie des éléments.

J'entraînerai le ciel au visage ténébreux dans ma colère si longtemps réfrénée, j'emporterai tout dans ce naufrage, je libérerai des vagues d'écume, pour sortir de ma cage…

Je ne regarde pas ma montre, je n'ai pas ce souci du temps et je méprise l'urgence dans laquelle vous demeurez.

C'est bon d'attendre encore un peu, que tout devienne liquide, avant que ça ne jaillisse sur vous. Vous ne m'attacherez pas…

À force de projeter des visées hors de moi, une mutation s'opère et je passe de la subordination, à l'aversion.

Je n'ai pas seulement répudié, mais renié mes nouvelles clôtures. Désormais, les obturations sont des tares pour moi, ces transmutations, je veux les supprimer.

Je me sens capable de tuer, c'est ce que vous me poussez à faire, de vous immoler dans un acte de férocité, parce que ce que vous m'avez fait est absolument violent.

Vous avez voulu m'attacher, vous vous croyez les maîtres, alors que vous n'êtes que mes hôtes…

En se décalant vers l'Est, la tempête Alex cause un épisode méditerranéen exceptionnel, le département des Alpes-Maritimes est placé en alerte rouge pour pluies et inondations le 2 octobre 2020 à 6h. C'est à l'avant de ce fond froid que le phénomène se produit. Pris dans une convergence, les orages associés au front déversent de très grandes quantités d'eau dans l'arrière-pays. La vallée du Boréon, de la Vésubie et le village de Saint-Martin-Vésubie où il tombe 500,2 millimètres en 24 heures, sont particulièrement touchés.

LE PARC AUX LOUPS ET LE PONT MAÏSSA

Je sais la vallée immense, un peuple entier l'habite et ses hôtes les plus vieux sont nés de ce terroir.

L'endroit est bien pourvu, chacun peut gaiement y vivre, mais jamais de mémoire d'homme, mon flot qui bat les flancs de mes berges n'entama mes rives, qui vous semblaient éternelles.

Octobre marche à grands pas vers la froidure, les premiers frissons s'installent, la lumière a perdu sa tension, et s'attarde en sillons blêmes.

L'automne vieillissant, tout nébuleux de ses humeurs changeantes semble guetter l'hiver inéluctable.

Et sans vous soucier de mes eaux qui ont toujours fait trêve, vous poursuivez vos rêves et vos villages grondent sous les plaisirs ou les discordes.

Avec vos voix pleines d'emphase, vous pensez vivre sous ces étendues peuplées de nature et vous attarder en ces lieux hospitaliers, en éprouvant le ravissement et l'affairement nécessaire à votre contentement.

Vous avez bâti, agencé, érigé, maçonné, fabriqué, ajusté, de tout cela, vous en connaissez les secrets, et semblez tenir du ciel, vos dons de créativité, mais aujourd'hui, c'est moi qui tiens la barque, vous ne me prendrez pas les clés de ma riposte…

Avec un goût de défi, je vais amorcer mon réveil, en disant adieu aux larmes et à la défaite. Au même moment débutera votre fin, je tiens enfin mon destin.

J'ai la certitude enivrante de ma toute-puissance, d'un flot perpétuel et intouchable qui me portera dans un bouleversement violent, dans une mutation spectaculaire.

Eh bien voilà, l'écueil ! l'assaut de mes flots inattendus… La vengeance est pour vous. À ce stade, il est déjà trop tard.

Je file plein d'orgueil, que votre orgueil ne peut dompter, je rugis, et je gonfle ma fuite, personne n'abaissera la superbe de ma longue déferlante. Homme, un autre que toi tient les rênes…

Je sens que cette catastrophe naturelle est exceptionnelle de par la conjonction des évènements.

La tempête conjuguée à de la basse pression en haute mer, ma lame d'eau et les précipitations exceptionnelles en un temps record, vont me faire déborder.

Je sais le bon moment arrivé, je le déguste avec toute ma certitude, plus jamais ne reviendront ces instants de conjonction et d'évènements de complicités inédits.

Je sens tous les éléments célestes prêts à dissiper toutes les distances, dans un absolu besoin de fusion.

J'ai enfin l'impression de m'appartenir, je suis ramené à moi-même par le souffle violent de l'alizé, je me baigne dans mon fluide sans retenue, un soulagement spécifique, charnel, un immense relâchement.

Les premières plaintes du vent ne sont que frôlements, qui avec la pluie, font flotter les dernières feuilles. Puis la forêt ondule nerveusement dans une sourde poussée avivée par la tourmente.

Ensuite, la rumeur vient de tous les horizons qui mettent en mouvement les arbres eux-mêmes, alarmés par leurs hurlements cycloniques.

Les bourrasques prennent de l'humeur et lancent des appels à leurs congénères qui répondent avec véhémence et ces souffles commencent à tourner autour de mes eaux qui deviennent sauvages, tumultueuses.

Sur ma surface impétueuse, de vives trombes retentissent et je dévale en vagues moutonnantes activées par la rage des vents, l'espace frissonne, la tempête commence, le haut du ciel pousse des clameurs déchirantes.

Alex est mon allié, son air chaud et humide qui bute sur le relief alpin provoque des pluies diluviennes et sustente ma crue.

La foudre strie le ciel, l'éther s'obscurcit et le Dieu tonnerre se réveille aussi, puisqu'il gronde à faire éclater les montagnes.

Les fulgurations célestes éclatent et jonchent ma surface de mille zébrures. Le ciel noirci me charge de ses cinglantes parures dans un bombardement intense et dans des déflagrations tonitruantes qui m'incendient avec constance.

Le monde des arbres s'agite avec désespoir et devient geignard. D'autres plaintes s'y mêlent en un souffle puissant qui prend le sol, en soulevant une nappe humide, qui laque les alentours.

Des chocs retentissants martèlent les lieux, comme des névralgies accablantes, orchestrant mon essor.

Alors, je prends vie et dans un galop éperdu de débandades, je me rue sur les sapinières, toute mon étendue n'est que criée.

Grandement, j'arque mes flots, je gonfle ma source, je prépare ma délivrance, au son d'un vacarme infernal, je suis Poséidon, vengeur.

Mon cri de fureur est sans espoir. Sans fin, des nuages lourds d'orage me chargent et dans mon sillon argenté, je les capture.

Tel un long ruban, avec fougue et emportement, drainant les rêves et les regrets, je m'enlace à la terre.

Des confins infinis du ciel parviennent des vents contraires qui franchissent les montagnes de leurs souffles furieux, pour me servir, pour être mes vassaux.

Les suaires gelés des nuages se heurtant aux massifs montagneux, s'y fracassent en apportant des pluies diluviales qui s'écoulent en rus furibonds et forcenés se changeant, en gaves d'abondance.

Ils arrosent les loess qui colorent mes eaux, en s'accumulant dans un tohu-bohu, me transformant bientôt en coulées de boue, dans des tourbillons d'une domination effrayante.

Je trépigne, je tournoie, je perds la tête, nul obstacle ne résiste à ma dévastation. Je dérobe à la terre, toutes les possessions enfermées dans ses flancs généreux, biens captifs qui vont vous raconter une monstrueuse aventure.

Moi, lutteur combatif, je viens vous imposer la plus cruelle des lois, le conflit, cette horreur impétueuse qui va vous soustraire vos possessions !

De toutes parts, les branches se brisent avec fracas, beuglant, bramant, barrissant en traversant mon cours comme des troupeaux furieux. À coup de boutoir, ils crèvent mes flots dans une mêlée démoniaque.

Ma vague devient inégale, disproportionnée, démesurée, grossie par l'eau de mes feudataires dans un flot déchaîné.

Entre les cimes des sapins courent les nuages en déroute, éperdus, ils semblent détaler devant l'épouvante.

Sous cette immense bourrasque, toute la forêt s'incline dans le même sens, dans des gémissements de souffrance.

Un rideau de pluie frappe toutes les branchures qui s'entrechoquent dans une rumeur incessante.

J'avance et je bâtis avec une hâte frénétique, une noire muraille, un mugissement entre ciel et terre.

Mon courant sauvage s'agite, se meut, se déploie comme une fuite rapide et les grands conifères solidement enracinés geignent sous le fouet cinglant de mon souffle.

J'arrive moutonnant, en me hérissant et dans mon impérieuse fureur, tout va se plier à ma loi, les végétaux, les humains, les bêtes, je me cabre comme un taureau prêt à bondir de sa puissance, de sa majesté, mon règne a sonné.

Chargé du muscle de mes flots, je déborde avec une force brutale. J'écume en frappant dans mes bourbes et mon garrot en avant, je fonce, tête baissée, sur les récifs.

Je m'éveille avec aisance, je deviens sauvage, mes rives sont incertaines, amollies par les boues perfides de mes alluvions.

La terre est minée par mes infiltrations et se confond avec mon onde dans une frontière détrempée où mes berges menacées sont rongées en secret.

On croirait les nuées porteuses de démons néfastes et d'esprits maléfiques dont les ventres sinistres se crèvent en trombes nourricières, pour moi.

Sous cette orchestration diabolique, ces pions précieux s'accumulent, ces dragons s'ébattent et ces cohortes obéissantes, viennent engraisser mon flux.

Je me sers de cette coulée comme d'une arme, je m'évade de mon étroit fourreau et dans un fracas ahurissant, mon écoulement en turbulences montre son noir courroux.

Je m'élargis, je m'étends dans mes égarements, je deviens dément, j'ai un tel mal de vivre, d'envies étranges, de vertiges, de désespoir, de poids du temps, d'accablement, de dégoût, de lassitude.

Je deviens un mur gonflé par le déluge qui pulvérise les arbres, emporte les écueils qui étendent tout sur leur passage, transformant le paysage en un immense tirage en noir et blanc.

Mon ventre ballonne, je me charge de tout mon contenant, de tout mon façonnage, de toutes mes apparences, de mes traits, de mes formes, de ma consistance. Je bats de ma fermeté, de mon énergie, je suis ténébreux et blanc de bave.

Les sédiments et les cailloux se laissent emporter par mes flots, mon lit gronde, j'avance avec fougue et la pluie incessante grossit mon cours, tant et tant…

Vent, grains, cascades, torrents, ruisseaux, bourrasques rassemblent leur colère, les éléments rugissent et s'allient à moi, dans une orgiaque tempête.

Les résineux tombent et s'entrelacent, arrachés par cette furie, et moi comme un bélier au front baissé, je viens me fracasser sur ces embâcles.

Alors d'une vague, mont noirâtre à la crête d'argent, je plonge, je surnage, je roule ainsi qu'un mur immense vers ces obstacles qui croulent, quand je viens les crevasser.

Je noie la vaste étendue du parc aux Loups et au milieu de ma masse grise, des façades aux toits pentus défient les intempéries ainsi que mon raz de marée.

Je tâte ces centenaires, je secoue les portes et les volets, mais leurs grandes toitures, lourdes, travaillées par les pluies, le gel et la neige, trônent avec noblesse, repoussant pour un temps tous mes assauts.

Bientôt, je fatigue les murs de pierre de ces bergeries et je les fais fléchir, une s'écroule, je passe par-dessus le toit, berce les tôles, dans un tintement métallique.

L'autre est largement lézardée, je les inonde et mélancoliquement, elles évoquent un souvenir d'antan glacial et triste, comme le signe d'une présence disparue.

Isolées, dans la plaine onduleuse, elles semblent perdues ainsi qu'un îlot en pleine mer.

Rugissant, je me déchaîne à nouveau comme un lion, ouvrant leurs ventres, répandant leurs entrailles, ma vague siffle dans leurs os, elles affichent le désespoir, d'une sépulture.

J'ai étendu là mes premières blessures, j'ai déboutonné lentement leurs poitrines et je m'en vais maintenant arracher de mon corps liquide, d'autres chairs qui m'appellent.

J'entends le cri des loups, alarmés par mon tapage, ils se plaignent en hurlant à leur tour, ils se lamentent.

Et quand ma lame sort, elle court et dévaste tout sur son passage, elle est bientôt teintée du sang de quelques animaux, mais la plupart d'entre eux retrouvent leur liberté.

Au passage, je passe comme un goinfre sur une maison dont les propriétaires avaient eu l'arrogance d'investir, le ras de mes rives. Je la condense de ma lame et je savoure ce poids, quand il me tombe au cœur.

Je hurle sur la muraille du petit pont attenant en proie à l'horrible travail d'achever son avenir. Je le moissonne et mes eaux l'acceptent comme un privilège.

Mon animosité est telle que j'offre un spectacle de désolation et d'abandon. Mon aigreur n'est que démence, et mon flot fougueux en cadence, se tord et s'en va frapper la retenue née des hommes.

Je plonge sur ce désordre avec un cri affreux à coup de flots, j'essaie de fissurer ses flancs et les arbres déracinés s'y fracassent, je suis le gouvernail, j'ai la main la plus forte.

Les éclairs tonnent dans mon ombre brune et bondissent en fureur, ma foudroyante giclée hurle en harcelant le barrage.

Et, de ma brutale main, en bon ravageur, je suis à l'œuvre, je dépose, j'abandonne, je stocke dans sa sombre profondeur, des tonnes et des tonnes d'alluvions, de sable et de boue.

Dans ce noir berceau, mon flot agité ne branle pas d'un bras maternel, mais bouillonne et rugit.

Mon fidèle partenaire le Cavalet vient à ma rescousse, il se transforme en torrent barbare, sa semence, ses entrailles le brûlent aussi, la violence de son venin tord son cours, le rend difforme et comme une trombe qui passe, il brutalise l'hôtel du Boréon, situé au bord du Lac.

En colosse puissant, sa force coule partout comme une sève, il sort de son canal étroit, l'agrandissant, l'étendant, le déployant, telle une hydre justicière.

Il vient en hurleur possédé, en fou affamé et tyrannique, quêtant sa part de pitance. De cette machination sort un vacarme infernal comme si Satan déversait ses graines sauvages, sans fin, sans trêve, en dévorant l'arrière du bâtiment.

Une lente solifluction faite de matériaux granulaires fluidisés s'engouffre dans les brèches et ravage les cuisines pour visiter ensuite la salle du restaurant, renversant, tables, chaises, comptoirs…

Puis, contournant l'édifice, une coulée de roches basaltiques vient se risquer sur le parking, prenant d'assaut tous les véhicules, bientôt piégés dans ce magma.

Plus aucune quiétude pour les propriétaires et le pécheur réfugié chez eux, l'avalanche assassine leurs espérances. Dans la nuit sombre, leurs cœurs en larmes, pleins de désespoir, bloqués dans ce collet infranchissable, prient pour que les murs résistent.

Leurs pensées cognent aux portes rebutantes de cet enfer et le jour neuf verra la grâce de leurs oraisons qui auront fait face à cette guérilla, menée en solitaire par ce ruisseau déchaîné, qui a jeté son froid, sur leurs paupières.

Mon co-équipier leur laisse la bâtisse, eux la voix éteinte brisée par les suppliques, pensent que la vie a des longueurs de malheur et qu'elle est bien courte dans ses bonheurs, juste six petites années qu'ils avaient acquis l'hôtellerie…

Le ciel continue à plonger son écho dans la terre qui frissonne et tous les bras d'eau se hérissent. Des racines et des troncs s'échouent et tout se colore en vert-de-gris.

Des ombres grotesques gesticulent, des nuées de tâches énormes voltigent au son d'une partition effrayante, celle des rêves moribonds.

Sur l'immensité de ma nappe d'eau, dans un mouvement de translation je déplace d'énormes sphères de rochers qui retentissent comme des appels lugubres.

Des volutes ascensionnelles font, en hululant, tourner ces masses sombres qui craquent et s'entrechoquent sous ma poussée.

Le ciel est plein de la menace d'une nouvelle tempête qui roule des grondements profonds et brandit des éclairs.

Mes eaux montent toujours. Les nuages accumulés sur les montagnes déchargent en ruissellements continus des pluies torrentielles.

Je dévore toutes les proies à ma portée, je fais une bouchée du cœur trop fragile de vos routes en surplomb à plus de 80 mètres, laissant des falaises vertigineuses.

Puis je crache ces injures dans mon fiel liquide, je me promène seul, dans une funeste oraison. Le fléau à mes mains, sans pitié sans remords, m'obéit, ensemençant la destruction de toutes vos voies d'accès, de tous vos moyens de communication.

Dans ce chaos, tout beugle, le désordre dépasse la mesure, et ces chambardements sont les préludes redoutables du changement.

J'élève un édifice vertigineux de débris détritiques, une vague énorme fait trembler toutes les parois frêles alentour.

Avec elle, je réveille tous les énormes rocs qui ont toujours couché dehors, exposés aux intempéries, et ceux qui dorment dans le gîte et dans la nuit de mes flancs, qui sont peut-être le début de notre planète.

Il est 14h, vous n'avez aucune idée des dégâts causés en amont, car d'habitude les nouvelles se répandent comme des fumées, entrent dans les maisons, montent à l'assaut des pentes, atteignent les montagnes, et les vieux, assis au coin du feu, finissent par entendre, leurs portables sonner.

Mais là, tous les réseaux sont coupés et vous m'observez toujours d'un œil circonspect, vous vous donnez encore mille raisons plausibles, enfantées par votre besoin de vous rassurer, à tout prix.

Cependant, ces arguments ne sont que de simples politesses, impuissantes à berner vos intuitions, et de l'appréhension, vous passez bientôt à l'angoisse, car mes puissants rouleaux finissent par vous serrer le cœur. Votre anxiété grandissante suffit à vous créer le pressentiment de dangers imminents.

D'autant que du haut de la montagne, vous entendez un lugubre écho, celui d'une tempête éveillée et d'une marée montante, des clameurs sinistres comme un signal de sabbat, imitant les harmonies de l'enfer.

Vers 15h, mon flux profond, serré par les piles massives du pont Maïssa, court plus féroce et bientôt ses jambages passifs se laissent émietter docilement, par la force de mon courant.

Je triple d'efforts, avec un afflux d'eau limoneuse aux bourrelets puissants et me jette en rebondissant sur lui, qui seul, face à ma puissance primitive, en ouvrage précaire, explose comme une fragile pensée.

Quelques villageois assistent épouvantés à l'étrange déchirure, les premiers gravats s'aplatissent mollement et forment des remous mâtinés dans une meute écumante, zébrée d'éclairs.

Le choc électrique sonne telle une bombe qui prolonge jusqu'aux cieux ses épouvantements, dans une explosion phénoménale.

Avec une fumée jaunie, une lueur jaillit déchirant le vacarme dans un claquement sec, crachant un bouquet de volts violets, coupant vos réseaux électriques.

Des rayons sautent avec furie et lancent vers le ciel un affreux hurlement, comme des esprits errants sans patries, ils se mettent à geindre obstinément, illuminant de longs filaments violets, mes flots roulants.

La forme tournoie éphémèrement, elle part comme un vertige et retombe en mitraille, avant de s'effacer et de succomber définitivement, pour aboutir dans mes sables. J'emporte ces lambeaux pour en nourrir mes grèves fébriles.

Tout est assourdissant alentour et ce vacarme rétrécit l'espace, me donnant comme un corps sonore vaste, profond, illimité, confondu avec la grandeur de l'agitation que je provoque.

Perchés sur ma rive, des arbres noueux, immenses bravent le vent. Mais moi, je rugis et j'attise leurs tourments.

Ils gémissent, puis s'écroulent, l'air est tout rempli de leurs longs roulements et dans un fond de résonances, comme une marée mystérieuse, ils sont happés par mes eaux sauvages.

Je suis déchaîné, mon cours strie d'écumes blanches mes eaux boueuses, je suis énorme, je me déhanche en un ballet dément qui vient ronger mes rives.

Rien ne m'arrête plus dans mon élan rapide, je suis plein d'ivresse et par mon désir poussé, je vole à mon but, qu'un bras vengeur a lancé.

Comme des cohortes de vagues fangeuses, je me jette à l'assaut de vos maisons, de mes lourdes phalanges d'eau je gifle vos refuges, pulvérisant les murs, les toitures qui plient, qui ondoient et se cassent.

Je mutile vos meubles, j'entremêle vos vêtements en lambeaux, vos fourgons, vos équipements ménagers qui dérivent, qui s'entrechoquent dans une clameur gutturale et profonde. Mes rives naguère apaisées deviennent falaises.

Un de vos véhicules s'engage audacieusement sur la route, mais bientôt mon courant l'emporte. Et l'auto, saisie par mes eaux, se met à danser en ce point rapide, paraît flotter comme une silhouette fantomale, puis tournoie, je l'attire comme une proie.

Ses occupants me contemplent comme un grand cénotaphe, ils subissent les assauts de ma tempête et du vent, leur chair tout entière connaît la secrète offense du tombeau de l'habitacle, où ne tremblent bientôt plus que leurs ombres.

J'emporte tout ce qui roule et qui a été abandonné non loin de mes berges, puis je me métamorphose en artiste d'une virilité hydraulique, réduisant les tôles à des parallélépipèdes qui ressemblent étrangement aux compressions de César.

Les humains ont leur vie entre mes mains, je malaxe et pétris tout sur mon passage, de quel droit, les hommes ont imposé leur loi !

Je déplace les roches et mon courant charrie vos vies, j'enterre et je disperse, vous n'êtes pas bien costauds, devant ma toute-puissance !

EN AMONT DE SAINT-MARTIN-VÉSUBIE

Mes rapides eaux fluviales partent à l'assaut de mes rives, les matières sablonneuses fléchissent dans l'immense vrombissement de mon passage et les grands arbres qui boivent à mon fil sont happés en frissonnant, montrant leurs racines tordues.

Bientôt, les végétaux agglutinés forment comme une forêt sous-marine et leurs corps écorchés ressortent en une substance ébranchée, lisse, émondée, comme du bois flotté, sur mes rives.

Le ciel, gonflé de tempête, se dresse pour former un mur opaque de vapeurs sombres, écumantes, spumescentes, qui traînent leurs toisons sinistres, dans l'horizon bleuâtre.

La pluie tombe sans interruption dans une obliquité orageuse, en déchargeant ses rafales torrentielles, dans une menace cataclysmique.

Tous les ruissellements des hautes montagnes se ruent dans mon lit rapide, ravinant sur des lieues et des lieues tous mes contreforts, imprégnés à satiété. Cette concentration d'eau, de terre, de boue, de galets, nourrit ma descente.

De cet amalgame en courroux, j'allume un enfer, le contenu de mon lit déconcerté, piaffe, déclenche mille roulements, crache ce reflux, puis par des entonnoirs géants, sans relâche, les ingère.

Et dans mon courant, je roule cette fange malaxée par mes fonds et par ma propre violence. Je me presse, épais et bourbeux, sur cent mètres de large, dans un mouvement puissant et régulier.

Mes brusques pressions gonflent ma surface bouffie, qui écume en grondant. Je surgis tout entier, d'une ligne impétueuse, sur un front immense, d'une seule masse, rapide, sombre.

Mon courant fait virer d'un seul bloc l'étendue liquide de ma fureur, colossalement chargée de limons. Comme un long serpent aux formes sournoises, j'érode, j'incise la roche millénaire que j'abreuve.

Maintenant, je peux contempler mes strates terreuses enjuponnées d'énormes galets gris, montrant le poids des ans.

J'extrais tous les rocs tertiaires des entrailles de ma couche, ils se laissent déporter, rouler en arrachant des plaintes déchirantes.

La torsion de ma lame les bouscule, eux, qui n'avaient été altérés que par la violence des sévices tectoniques et la lente usure du temps, je ranime leurs couleurs éteintes et les embauche pour un combat trivial et nuisible.

Étranges sonorités, composées de sinistres résonances, je viens de passer votre destin à des mains nouvelles, créatures attentives et dévouées, dont je connais la puissance.

Une rumeur sourde, faite des rocs détachés, hérisse, torpille et dévaste chacun de mes vallons engloutissant, vos constructions, vos campings, vos scieries, vos habitations situés de part et d'autre.

Le ciel s'assombrit encore plus et les masses volcaniques érodées, tels des destriers de l'apocalypse, galopent avec moi, abominables compagnons, cavaliers à la force phénoménale, martelant de leurs sabots, leur fougue s'alliant à la mienne, ils pleuvent sur vos constructions et résonnent dans un couplet malsain. Avec eux, j'organise une orgie monstrueuse.

Vos chairs et vos matières gavent mon courant, vos restes s'enlisent dans ma boue liquéfiée, ils luttent, mais inexorablement, je les broie, les écorche, les poignarde, des plaies suintent, purulentes, et d'atroces escarres les minent.

Au pied de cet échafaud, chaque maison pense que c'est bientôt son tour. Escorté de mes infâmes soldats, en ivre recruteur, je les prépare pour être les messagers anthropomorphiques de la mort.

Ils ébranlent en mon nom, les corridors sombres de vos masures. J'erre en aiguisant les dards persécuteurs de ces criminels qui détachent les maisons de la terre.

Dans l'une d'elles, une aïeule est restée seule dans son antre, personne n'en est averti. Avec mes nerfs à vifs, avec ma lame crochue armée d'ongles de fer, je plonge de mes eaux palpitantes, avides, pour fouiller son chalet, jusqu'à éroder sa façade.

Je croise dans les ténèbres ses yeux, pareils à ceux d'un fauve effaré, qui battent l'espace, elle pousse des cris sourds, en vain, elle essaie de lever ses pieds lourds.

Mes fluides de plomb fondu les baignent, elle se heurte aux montants de son lit et son dos ruisselant de sueur, frissonne d'effroi, au souffle ardent de ma gueule haletante.

Ensuite, le sol manque à ses pas, mon gouffre la reçoit, elle roule, roule et arrive squelette, dans ma fureur carnassière qui se colore comme un marais de sang, elle a le teint bleui, que le trépas révèle, aux suffoqués.

Puis la maison entière, où se sont entassés ses jours, glisse sur ma pente, sa porte se referme sur le vide et ses débris envahissent mon cours.

Je ronge le ciment, les murs gris, la tuile rousse, je détache les persiennes de leurs gonds, tout s'engourdit, dans mes pampres tentaculaires.

Les habitacles qui résistent, dans un hymne de détresse, tremblent, leurs volets claquent, les rideaux sont baissés, les lumières soufflées, plus d'électricité !

Je sais que ces bâtisses dans lesquelles vous avez stocké tous vos souvenirs ont une valeur inestimable pour vous.

Certains des vôtres sont héliportés avant l'irréparable, piégés dans leur véhicule ou dans leurs maisons.

Vous êtes évacués devant l'impératif et beaucoup se réfugient chez les voisins dont les maisons sont sur les hauteurs.

Tous ceux qui sont restés dans leur home au-dessus de mes rives assistent aux brèches que je crée, aux routes que j'emporte, devant chez eux. Leurs accès routiers sont emportés, remplacés par des falaises immenses et sans état d'âme ni regret, je les laisse sans issues, sans me retourner.

La nuit a jeté son voile et voyant le ravage, une des vôtres, se met à plonger en elle-même pour y percevoir le vide terrible, puis se dessinent des pœciles mystérieux ouverts sur une lueur, une vision intérieure, une intuition.

Elle héberge chez elle deux personnes. Elle sent en moi, le mauvais esprit, qui s'amuse à les blesser, elle décide de s'évader, de partir, de fuir cette terre que j'imbibe et que je grignote.

Elle traverse, avec ses congénères, des boqueteaux denses au milieu de terrains pentus, sur des sentiers à peine formés, qui se fondent l'un l'autre, les prenant, les égarant, les abandonnant.

Leur but est d'atteindre une maison amie, tout en hauteur, mais dans l'obscurité pénétrante, son souvenir disparaît, ils avancent à l'aveuglette, très peu de points de repère dans cette nuit noire, glaciale, luisante, quelques vagues jalons subsistent encore, dans la mémoire.

Pas d'arrêt trouver à tout prix ce lieu de repos dans le temps qui se dérobe. Les alentours semblent déplacer l'existence de cette halte lénifiante, comme si elle n'était qu'une abstraction.

Et toujours ce raffut perceptible, qui vibre au-dessous d'eux, sur des cordes graves, dans des chants infernaux qui se superposent aux ondes folles.

Ils se hâtent anxieux, ils ont retrouvé le chemin de leur salut, il est 1h du matin quand ils arrivent au refuge, juste avant que mon flot n'emporte, dans mes abîmes sépulcraux, la maison de ces fuyards.

Pour eux, la nuit d'enfer n'est pas terminée, ils frémissent d'épouvante. Puisqu'ils ne voient rien dans la profondeur nocturne, ils imaginent, impuissants, monter mon flot de souffre et implorent en silence.

Ils ont raison, je continue à fondre mes rivages et dans un déplacement insensible, je m'enfonce dans le sol amolli et mouvant qui se liquéfie jusqu'à se diluer dans mes eaux.

Pourtant dans un mouvement de contorsion, je déplace mon courant et épargne quelques chalets que j'isole, comme sur une presqu'île.

Mais bien vite, me reviennent mes appétits et à nouveau je mords mes pourtours. Le péril est toujours là, et mon flot noir coule en vous, comme un menaçant fleuve intérieur.

Sur ma rive gauche, un des vôtres a refusé de quitter son logis, je suis si avide, de vie !

Mon courant dégueule sa noirceur, je surprends l'hôte et entre chez lui, plein d'une furie malsaine, ma lame levée en arme posthume, je disloque, craque et tords les assises de sa maison qui s'accordent à ma danse, dans des embrassades et des retrouvailles saignantes.

Abandonnés, vos abris sentent le vide, un vide vertigineux, un vide peuplé de mon flux avide.

Mes résonances changent de volume, mon ballet luciférien préfigure le pire, je lâche des roulis énormes qui cognent sur vos repaires, à bout de souffle. Alors avec une brutalité pesante, je passe ma vague féroce et déliée derrière leurs nuques.

Je fais le tour de leurs corps condamnant ainsi toute résistance et avec une cruauté vertigineuse, comme un couperet de guillotine, je les maintiens comme une présence en apesanteur et les absorbe irrémédiablement.

Mon flot prend un aspect terrifiant, violent, indompté et mes eaux qui n'ont cessé de croître courent entre deux bâtisses qui me mènent une résistance farouche et me défient en émergeant dans l'immense étendue de mon fluide mouvant.

Mon artillerie ricoche sur leurs façades et prend d'assaut leurs habitacles, mais leurs gueules, s'offrent toujours aux regards, désespérées, pitoyables, noyées dans ma cacophonie à plein tube, transpercées par la percussion et les secousses de mon torrent.

J'insulte les portes, les volets, je prononce des menaces colossales, je claironne dans leurs cheminées, mais elles ne cèdent rien à ma vigueur.

Leurs murs résistent, mais elles ont cet aspect soumis des abris abandonnés par l'urgence. Elles semblent fléchir sous mon poids, mais leur masse contrecarre ce combat déloyal.

À l'intérieur, au rez-de-chaussée, tout tourbillonne dans mes remous impitoyables, comme dans une lessiveuse.

Pourtant dans l'une d'elles, au premier étage, un homme mal entendant est resté, audace ou obstination ?

Dans un premier temps, mon hurlement n'accède pas à son monde de silence, malgré mes entrechoquements de chaos.

Égaré dans sa solitude, le grand bâtiment sent mon haleine tueuse qui se lamente à son seuil et mon souffle étrange l'effleure.

Tout fléchit sous mon choc impétueux, avec brutalité, je prends possession de l'appartement le plus à l'Est.

Sofa, table basse, étagères, calebasses, sont tuméfiés, convulsés, mon flot boueux colle aux tapis, tout flotte, épars, au milieu du salon.

Alors, comme un bourreau aviné, j'arrache ce logement au reste de l'immeuble et ce grand corps se décroche comme un pantin désarticulé.

Mais le reste de la bâtisse flexible résiste à ma force bestiale.

L'ombre augmente et dans la pièce voisine, le regard de l'homme s'ouvre à la réalité, une sueur de tombe le glace, ses dents claquent de terreur, dans ce nid gelé, par ma bise amère.

Bientôt, il est paniqué, l'angoisse le tord, et ses peurs sont aussi multiples et insidieuses que les menaces qui l'entourent, eaux gigantesques prêtes à envahir, à avaler, vivants et choses, colère du torrent sorti de lui-même.

Il ne peut s'arracher au péril. Face à mon étendue liquide, ballant, désemparé, perdu dans mon immensité, il crie son impuissance.

Face à mon odeur humide, d'eau glacée, noire, fluide, l'épouvante le saisit, une peur nue, une terreur élémentaire, dans sa chair, dans son sang, dans sa moelle !

Il sent mon rideau d'eau qui enclot, tentaculairement, tout ce qui l'entoure, le menaçant de l'abjecte osmose.

Mais bientôt, mes flots étonnés après quelques vaines tentatives contre cette proie qui refuse de se rendre, s'égarent, embarrassés, vers d'autres butins, abandonnant à la vie celui qui la désirait tant.

Rescapé, miraculé, il réchappe à cette guerre, je le laisse parler avec la faucheuse dans la nuit qui ne veut pas finir, la regarder à prunelles nues et je l'abandonne, blotti dans un coin, son logement serré maternellement sur lui, comme une louve.

Ensuite, je passe à autre chose, car avec une pénétrante tristesse, une muraille de pluie s'abat encore et leurs trombes serrées ravagent la glèbe.

Dans un vacarme effroyable, j'ébranle une roubine au sol friable, pentu, raviné, remanié sans cesse, un gigantesque pan a dévalé la pente surchargée d'un lourd manteau instable de sapins et de terre mêlés.

Ainsi, se dresse au milieu de mon courant une crête solide, plus sombre, comme celle d'un squale, dont mes flancs brutaux tentent d'arracher le dos noir.

Sur mes eaux surnage un tertre crénelé, qui festonne sur mon rideau écumant, mamelon éphémère dont je sculpte les arêtes fumantes, de crevasses béantes.

Vos terres sont imbibées de sang, détrempées de violence et jonchées d'épaves. Je dévore toutes ces prises exquises et ne fais qu'une bouchée, de leurs corps trop fragiles, puis je crache ces injures et ce fiel dans ma prison liquide.

Sur vos lèvres, soudain, le silence va suspendre votre prose, vous qui me connaissez tous, vous ne me reconnaissez plus après l'affreux carnage, et moi je m'anime encore et encore, de tous vos sinistres compagnons, reclus dans mon flux !

LA GENDARMERIE ET LA STATION-SERVICE

Avec le ciel opaque chargé de gros nuages pressés à perdre haleine, des vents de cimetière soufflent sur votre coin de terre. Une force monumentale, empruntée aux éclairs, m'ensemence.

En compagnie de l'orage, comme une sombre malédiction, je vous apporte ma punition, je me mue en monstre destructeur, je concasse, je martyrise, je m'étale amplement, je ravine des fosses larges comme des charniers.

Dans cette inimitié de façade, insolente, hypocrite, inclémente, je vous accable d'une douleur fatidique.

Je charroie des arbres entiers qui s'étirent comme des points de suspension, vos habitations en morceaux, déchiquetées, se pourchassent, le piège se referme…

Bouillonnant de blancs moutons, fanatique, forcené semblable à mille démons je fonce sur vos maisons et fais trembler les nues. Avec le ciel d'encre, déchiré par l'éclair, le vent et le tonnerre, j'ai réuni mes armes.

Au milieu des éléments déchaînés, vous ne pouvez lutter, et couverture de survie sur le dos, vous fuyez vos tanières en abandonnant tous vos biens, qui sont votre vie. Je regarde cette débâcle orchestrée dans un brouillard permanent, l'air est trempé, poisseux.

Ma crue monte jusqu'à huit mètres de hauteur, j'arrache tout sur son passage, vos vies, vos ponts sont disloqués, vos chaussées englouties, vos voitures ensevelies.

J'éventre et je découpe certaines de vos bâtisses à coups de hache, les laissant pendre dangereusement dans le vide.

Dans le fracas d'une vague dérivent vos toitures, vos revêtements, vos ustensiles, vos infrastructures, j'emporte tout comme de frêles radeaux dans une incertitude rugissante…

Je n'oublie pas cette grange datant du 17e siècle et de mon timbre infernal, je frappe encore et encore mon refrain métallique contre ses flancs.

Elle est glacée, mon âpre désir se lamente à son orée et je souffle sur ce logis mon haleine dévoreuse.

Mon immense déferlante beugle, rugit, siffle, râle et bondit à travers, je suis blanc de baves furieuses.

Je me rue à l'intérieur, j'érafle, je mords, je déchire, j'arrache, je tranche les murs avec des remous convulsifs. Cette masse aux abois finit par me céder dans de mortifères lamentations venues du fond de son âge.

Quand je la saisis, l'enveloppe et la culbute, saigne un bref éclair dans un tournoiement confus de décombres que je secoue et traîne aux crêtes de mes écumes.

Ses ruines fendent mes tourbillons et je dévore cette prise exquise sous les yeux effarés de l'héritier, réfugié sur les hauteurs.

Quand son ombre s'est éteinte dans ma bouche close, je l'ai vu pleurer des sanglots de désespoir et d'horreur !

De ma rage sourde, n'émergent que terres ruinées et violentées, paysages bouleversés, brisés, assassinés.

J'avale avec ma lame de fond, l'espoir et la raison. Rien n'apaise mon acrimonie séculaire alors je prodigue morsures, lésions, cassures et meurtrissures.

Humains aux visages tourmentés et brillants de larmes, dans ce cataclysme vous n'avez plus rien pour reposer vos yeux, je vous prive de votre âme !

La pluie m'écrase et me gorge de toute sa masse humide, et comme une grenade, j'explose sur mon passage une partie de la gendarmerie de votre village qui s'échoue comme un vieux gréement au milieu de mon courant.

Le bloc a littéralement été soufflé en entier et bascule d'un quart de tour dans mon lit, laissant le perron et les escaliers vacillants et frémissants dans le vide.

Le toit s'est affaissé et la grande épave gît posée comme un squelette éventré de la proue à l'étrave. Ses contours oscillent sous l'effet de mon courant et moi, j'erre de pièce en pièce, au fil des couloirs, comme un long serpent qui sinue, en mutilant.

La partie habitation reste debout, tremblante, presque à genoux, secouée et déliée par mes remous, car moi, obscur ennemi, je ronge ses soubassements, je me nourris de ses assises, je crois, je me fortifie, il ne reste sur mon passage, que peu de fruits dressés.

De mon agitation désaxée, j'enduis les murs d'une empreinte indélébile et je m'insinue comme un goutte à goutte dans les logements puis je lèche le mobilier oublié, abandonné.

Mon désir de possession me fait tourner la tête, je dilate vos meubles, ils deviennent ventrus, bouffis, adipeux…

Heureusement, vos archives ont été sécurisées, et le bâtiment évacué vers 18h. Le temps est compté, urgence du départ, toutes les personnes occupant la barre d'immeuble avoisinante quittent aussi, les lieux.

Ils décampent, déchirure avec l'attache qui les lie en famille, à ce qui les tient debout, à leurs souvenirs, où le rêve a son nid.

Masure des doigts unis, aux yeux tutélaires, vos cœurs dans ce typhon ne voient que les ténèbres pleines d'horreur, de colère et moi, j'y dépose ma bauge.

Vous vous habillez de courage, par obligation, vous laissez tout derrière vous, sans réel espoir de retour et vous ne savez pas comment vous y prendre avec votre peine !

Les cieux sont mornes, on les croirait en berne, un jour écrasé dans une noirceur sans bornes, sur une terre détrempée, l'air chargé d'encens, je laisse tant de blessures, sur vos cœurs brisés.

Dans le paysage qui s'estompe, tout devient gris-pastel, un temps de désespoir. Les murailles pluvieuses me pénètrent et gonflent mon poitrail, la roue des vents, pénétrant le cœur de mon lit, fait tourner mes eaux, en vapeurs éclatantes.

Comme un mauvais génie, je mords mes rivages qui cèdent à ma poussée montante, emportant de noires épaves.

Les hauteurs de mes berges rongées retentissent en détonations quand tombe toute l'étendue de la terre, laissant comme tranchées au hachoir des falaises de plus de quinze mètres, à nu.

La demeure Belle Époque du Clos Joli se retrouve fébrile au ras de ces remparts. Des gerbes torrentielles la percent de toutes parts, jaillissent sur elle, la tordent.

Et sous cette ruée incessante, elle se mue en un évènement sonore, toute sa façade Est sombre dans un vide de 15m comme un morceau volant dans l'espace et s'abîme en contre bas dans mes flots. Dans tous ces bruits en délire, le fracas de sa chute effrayante, vous traverse, vous aussi.

La demeure est pleine d'ombres, les parquets craquent en de tristes et sinistres lamentations, leurs fronts se penchent, alourdis par les poutres affaissées, des plafonds.

La maison saigne de dévastation, ses entrailles à l'air offrent l'univers du saccage. Gémissante, la blessure s'ouvre sur un grand nid de poussière, orné d'un chapelet de pan de vies enchevêtrées.

Les tentures ballottent frileuses, leurs ailes s'engourdissent rapidement sous le rideau gris des cieux, laissant traîner leurs voilures humides qui sanglotent dans le vide.

Elle s'expose, éventrée, comme un grand nid glacé, sans plumes, plein de froidures, elle lutte bravement, tronquée, pénétrée par les souffles, en hurlant de peur.

L'horloge continue à se lamenter en notes régulières, relique cadencée et messagère glacée de ce néant minéral.

Mon eau court, brutale, doubléc d'une ardeur toute neuve. Plus bas, sur un de mes rebords où s'affaire ma ruée liquide, votre station-service se dresse encore, comme un affront. Je frappe à sa porte et ne me heurte qu'à moi-même.

Elle doit sentir en elle, la lente ascension de ma force, de ma puissance et de ma grandeur fluviale qui la pénètre bientôt de ma sauvagerie, jusqu'à faire d'elle une créature flottante.

Mon courant la traverse, mon eau passe en elle, son sol gluant disparaît sous ma masse fluide en mouvement.

Comme un roc dans mon lit alluvionnaire, elle fait front, mais ma crue la submerge, et mon onde en s'y brisant creuse autour d'elle, des vagues brunes.

Longtemps, le combat s'engage. Vais-je arriver à l'engloutir ? Elle sent ma puissance suspendue autour d'elle, je jouis du pouvoir de la transformer en chose frêle et je m'enivre de ma force écrasante.

Alors, redoublant de vigueur, elle plie sous ma véhémence, je la fais lentement tournoyer comme pour l'échouer, mais reprise par un mouvement irrésistible de descente, je l'entraîne en mon centre et elle disparaît dans des tourbillons glauques et noirs, aspirée par mes gouffres perfides.

Aucune illusion pour vous, l'arme du fourvoiement ne peut vous protéger, car le remugle fétide des hydrocarbures empoisonne l'air de mille vapeurs pestilentielles, une cacophonie de souffles infects qui s'exhalent partout, quand je tourmente et emporte ses cuves.

Et puis vous participez en direct, grâce à vos vidéos, à la rigueur de mon destin, actionné par mes forces extérieures à vous-mêmes et vous en tremblez d'angoisse !

J'arrache aussi la moitié de la maison Roux, cette bâtisse de famille où trônent quelques armoires pleines de l'âcre odeur des temps.

Avec cette perte qui vous renvoie au passage des cycles, je sais que je balaie vos souvenirs partagés, vos récits, vos ralliements, bref votre mythologie familiale.

Je ne m'attarde pas, je n'en fais qu'une bouchée, elle ne parade plus près du grand pont dressé entre mes deux rives à la sortie du village.

Ah ! mon nouvel encas, je le frappe de ma masse mouvante, je le bats et je le souque fortement avec ma queue de squale ! Chaque rocher qui frappe les piles le fragilise et bientôt, je le brise comme on casse des noix.

L'édifice finit par s'affaisser comme un puzzle dans mes eaux fanatiques et l'arc de béton est aspiré par ma ventouse affamée.

Une partie de l'ouvrage reste suspendue dans le vide et le vide c'est ce qui me va le mieux. Ainsi, un par un, je mets à terre vos moyens de communication, le haut de la Vallée est coupé du monde.

Je vous plonge dans le noir, vos secours ne sont plus que des warnings en déroute… Et comme un animal irascible sorti de la cité de Satan, je suis un monstre glauque, semblable à une énorme gueule de requin, qui gobe tout.

Je deviens ogre aux dents de rocs, je croque vos pénates comme on croque des pommes et sur ma nappe d'orgie tout ce qui flotte devient friandises. Insondable estomac qui digère vos ruines, dont seules quelques épaves échappent à ma voracité.

Tout fuit devant moi, l'horreur suit mes pas, je fais trembler votre verte campagne, mes flots se métamorphosent encore et encore, en torrent sanguinaire.

Errance pathétique et obscène, spectacle immonde, mes afflux, soulevés de dégoût, vomissent vos guenilles puis je les avale avec indifférence et noie dans une bile noire, votre monde à l'agonie.

LE BAS DU VILLAGE

Derrière l'horizon sans fin, sur le sommet des montagnes est condensée l'eau que le ciel m'envoie.

Et moi, sans cesse accru, je ronge mes berges, mes eaux courent trop brutales, d'une ardeur sans limites et mes bords déchirés sont possédés par ma puissance.

Et les roches par tant de fougue subie, sous l'influx dévastateur de mes eaux obstinées, abondent dans mon lit leurs masses minées, et semblent rouler comme des agrégats de carton.

Une promesse de plaisir dérive jusqu'à moi, l'atmosphère m'y encourage, je lâche mes vieux réflexes, je nettoie mes angles restrictifs et j'agrandis mes berges, il s'agit de ma VIE.

Le jour pâlit, mais sur les fronts noircis de vos faîtages, des cumulus d'ébène, immobiles, préparent encore et encore l'arsenal pour votre tourmente.

Une sorte d'opacité mystérieuse enveloppe le village, les nuages paraissent effleurer vos mansardes, en les enrobant d'une voûte ténébreuse.

Aucune clarté ne filtre, et le bourg qui baigne dans cette occultation, donne une impression accablée, affligée, opprimée.

Du haut de votre bourgade, vous regardez, impuissants, la terre s'ouvrir à vos pieds, comme un abîme. À travers vos sombres demeures, je fais rôder le malheur et je vous épie.

À toute allure, je continue ma course folle, les nues me suivent et entraînent une partie du ciel, libérant avec elles, une pluie noire, et c'est déjà presque la nuit, avant le soir.

Tout se prosterne à mon passage et dans ma rage, le bon vieux pont de la Loutre verdi de mousse, rongé par le galop de mes eaux vertes, s'affaisse et disparaît.

Tout mugit, mes rives tremblent et comme un sombre horizon, je deviens un immense exécuteur, bouillonnant, remuant, écumeux, transportant les rochers, comme le sable et l'herbe.

Je me déploie en vainqueur dans mon lit profond emportant avec moi comme de grands trophées, les débris de vos villes oppressées, me plaisant à mêler, à briser, les membres arrachés aux cadavres de vos bâtisses.

Des trombes vrombissantes flagellent les toits avec un bruit d'enfer en rebondissant comme un déluge de pierres.

Et mes eaux montent encore et encore, inéluctablement. Le sol frémit, s'ouvre, se plie, moi, je bouillonne, roule, jaillit, les éléments se déchaînent, s'unissent, anéantissent.

Un vacarme de fracas résonne dans l'infini quand je me jette sur les fondations du Pôle Montagne qui deviennent pulsatiles, mais celles-ci résistent à mon anéantissement, protégeant votre espace commercial.

Comme un immense déflecteur, celui-ci repousse mon fluide, alors mon ire se déchaîne et de mon front pierreux, je deviens sournois, je m'étends, je glisse sous ses points de résistance, je les encercle.

Je m'obstine, je désagrège lentement, inexorablement, vos raisons de vivre, je suis vorace, et de ma force insurmontable, j'emporte une partie de votre zone d'activité, la caserne des pompiers, vos services d'équipement, une portion de la scierie…

Pour fêter les 40 ans de votre musée du patrimoine, je détruis les trois bâtiments qui le composent, je vous concède juste l'ancien moulin communal, datant du 15e siècle.

Je sais bien que votre village a été le deuxième de France à bénéficier d'un éclairage électrique, public et ménager, en 1893, grâce à un artisan ingénieux et précurseur qui a installé une dynamo de Gramme sur mon torrent et qui se trouve au musée.

Cet objet a construit votre avenir. Aujourd'hui, endormie dans toutes vos collections, cette grande curiosité, signée par un créateur astucieux, va retrouver mes flots. Ironie du sort, vous êtes le premier village à être privé de courant !

Combien de coups de gouge sur le bois furent passés, combien de coups de gradine, sur la pierre furent donnés, avec adresse et finesse, sur ces objets usuels, restés en vie malgré les années, toutes ces richesses sont les traces de votre passé, et moi, je me plais à les charrier.

Non content de ces ravages, je persécute et creuse ma rive droite en des falaises de plus de quinze mètres de hauteur, tranchée par mon hachoir infatigable, faisant que certains logis se retrouvent en équilibre, au ras de mes escarpements.

D’autres, malgré tout, tombent dans mon gouffre, je suis pris du vertige de l’affamé, mes flots bouillent d'appétence, je dévore leurs saveurs exquises et par pure goinfrerie, j’avale aussi une partie du sentier vert.

Je suis, indomptable, absolu, tout puissant, présence sans figures, sans bornes et sans lois, tapageur, autour de moi le vide, le néant, je suis là, formidable, illimité, stupéfiant de mon énormité.

Et dans le degré le plus noir de mon igue, la terre, les arbres, les rocs, les maisons, les esprits se courbent effarés devant la force de mes turbulences.

Humains, vous n’êtes plus rien, vous vivez votre fin, l’heure de mon règne a tinté, je sonne le glas, tout autour du village tournoient les ombres de ma colère.

Mes années de sommeil exaspéré virent au cauchemar, je suis un serpent déchaîné, j’oscille et ondoie sur vos ruines, pour renaître, enfin !

De grands rochers viennent m’étreindre, se coagulent, se referment dans un battement rapide, humide, sans pauses, perpétuel, je les contraints à cette reptation incessante.

Dans cette mouvance, je suis une force puissante, poisseuse, effrayante, sûre d’elle, une progression infernale, une coulée effroyable qui se noue, se dénoue, dans un tricotage monstrueux, dans une torsion géante et absolue.

Au fond de ce cloaque, comme une hydre verdâtre, je remue les os de vos morts en malmenant le cimetière.

Effroyable sensation, je gronde et je blasphème, tel un souverain des enfers.

Immobiles dans leurs fosses profondes, je les rappelle à l'écho du monde, je trouble leurs repos, je réveille leurs froides solitudes, je les sors de leurs glaciales prisons !

L'heure est à la fête, celle des corps en bière, je les secoue, je bouscule la paresse des lieux, je fais trembler ces troupeaux d'âmes décharnées dans leurs trous, les cercueils flottent, puis s'ébranlent en chaîne.

Bien que vos tombes aient clos leurs paupières, mon ombre passe sur ces sépultures, j'emporte tous ces toits tranquilles, toutes ces humbles pierres. Bientôt, vous ne saurez même plus leurs noms !

Je sais que bientôt, vous allez pleurer encore ces morts à nouveau disparus, pas de larmes extérieures, un spleen silencieux de sanglots intérieurs, plus de lieu de recueillement, juste ce vide immense, telle une langueur pénétrant vos cœurs !

Et de mes circonvolutions appliquées, mes vagues par leurs bonds si hauts brassent et mon roulis parle.

Je tire les ficelles, vos rêves en ces temps qui se décomposent, sans la perspective d'une aube qui exalte, sont annulés, chavirent, crèvent.

Les portes qui restent debout sont closes, les gravats sont partout et une mer de galets recouvre mes berges…

Je m'accouple à une autre source dans une confusion. Je me nomme maintenant Vésubie et nous jouissons ensemble de cette collision, à nous entendre, vous avez l'âme retournée !

Au milieu de ce désordre ronflant, les sirènes et les cloches des villages voisins essaient de se faire entendre.

Une stridence, là-bas vers les rochers, comme des voix en écho qui pleurent des larmes de trépas, dans ce chaos.

De votre commune, aucune résonance, vos équipements sonores sont hors service, vous allez regretter d'être restés muets !

Car, dans cette sombre mêlée, nous formons une torpille, et dans ce cataclysme, nous sommes une force en appui, nous déchiquetons et emportons encore quelques refuges.

Nous traînons maintenant ensemble sur vos blessures, nous bramons conjointement, nos deux natures s'entrechoquent, nous tranchons vos repaires, descellons vos structures, vous êtes esclaves de nos fers !

Nos cours enlacés fuient comme un ascenseur à la force foudroyante et ce levier puissant nous propulse, comme une évidence, nous sommes si pressés d'en finir…

Alors nous nous précipitons sur la rive droite, là où trône la plus jolie maison du village, hiératique, vedette de pierres avec ses murs qui racontent, devant son vaste parc bordé d'un étang.

Nos bourdonnements, nos vibrations, nos vertiges se jettent à l'assaut du jardin, rongeant avec des cris enragés et sourds les sédiments amers devant ses entrailles et la moelle de ses os, jusqu'à ce qu'elle tremble comme une flamme vacillante.

Étrange vision, avec son oriel suspendu au vide, ses portes et ses couloirs immenses qui aboutissent maintenant sur le néant.

Une maison où des cloisons bavardent avec des mots effrayants et où des visages très graves sortent des miroirs.

Une maison avec de l'effroi dans les armoires, dans les tiroirs, dans chaque lit, nous tissons devant elle, une couenne noire de peurs et de pleurs.

Et ceux qui l'occupent tremblent devant l'obscur, l'inconnu de ce ravin de plus de vingt mètres, un espace affreux, captivant, où l'esprit plonge dans le vide et l'anxiété.

Avec nous, pas de sursis, que d'espoirs, que de richesses enfouies, que de misère et de détresse ensevelies, nous filons grand train, l'onde infernale de notre folie monte à son sommet.

Orages en rafales, éclairs, vagues écumantes, pluies mitrailleuses, devant cette fureur récurrente, vous titubez, vous vous affalez, craignant de voir votre dernière heure !

Le Riou de Venanson se déchaîne à son tour avant de nous rejoindre, dans une avalanche d'eau et de pierres.

Un écroulement de monstres, un choc d'une portée spatiale, des créatures agressives dont le passage ébranle au fond de vos retraites, des sonorités graves qui carillonnent, comme un tremblement de terre.

Ainsi, ensemble, nous détruisons l'extrémité de la route du quartier de la Pinio. Nul ne sait que dans l'une des maisons est restée une grand-mère, sa solitude peuple les lieux.

Elle écoute avec nous, notre vague qui surgit en traînant ses cailloux et celle ivre des cimes et du vent. Elle essaie de fuir, mais, aucune issue pour elle, le monde est troublé et lui fait peur !

Elle crie, puis s'arrête effrayée de sa voix perdue dans les flots, son fantôme danse comme un spectre dans le noir.

Et, dans cette nuit de veille, fatiguée d'errance, esseulée avec les ombres qui se jettent sur elle, qui la prennent dans leurs bras, ses heures fuient, seule au milieu de tout à moitié morte, au milieu de rien !

Seule, loin de ceux dont elle a besoin, personne sur qui compter, qui serait là pour l'aider, égarée dans sa solitude, atteinte par l'incertitude, elle ne pense qu'à une chose, ne pas mourir sale, alors elle sort, se laver dans la nuit, dans la pluie !

Nous ne nous enflammons pas de cette solitude et laissons son âme oisive et divagante à ses obscures chimères, nous, croque-mitaines, passons notre chemin, pour d'autres sentences.

Nous sommes des mauvais génies qui enroulent et brisent, et vous rendent malades, n'entendant pas vos haros dans les convulsions de nos coups répétés.

Comme des bêtes, acculés, vous hurlez : « y aura-t-il encore un lendemain, connaîtrons-nous un nouveau matin ? »

Nous n'écoutons pas vos longs pleurs qui vous étouffent d'impuissance dans un déclin maléfique et beuglant, remplissant vos esprits chancelants de stupeur, les faisant délirer dans le vide, dans l'absence.

Alors, des perspectives menaçantes monopolisent vos cerveaux, horreur du sinistre, avalanche de pluie battante, débordement, inondation, destruction, vous donnent, de très froides sueurs.

Nous déferlons, creusons, ravinons, routes et maisons sans grandes fondations, sous notre fléau sont avalées.

ROQUEBILLIÈRE

Et les vapeurs du ciel comme de noirs fantômes amènent des trombes lugubres, qui viennent se mêler au désordre de mon cours, moi, Vésubie, j'annonce l'agonie.

J'élève mes flots noirâtres, déchaînés qui soulèvent des embruns exhalant mon obstination et dans une détonation fracassante, je rugis dans l'espace, tels les grondements des canons de Navarone.

La terre triste et accablée cède en esclave subordonné, je règne en maître, un mucus blanchâtre sort de mes naseaux de bête, je n'ai plus de carcans, mon eau qui bout de vivacité, hier humble et discrète, aujourd'hui vous écrase et vous emporte !

Tout doit finir, tout doit être effacé, vous allez mourir sous mes eaux éternelles, car moi, je ne veux pas mourir d'indifférence !

Catastrophe constante, agrégats de tempête, tragédie de fin, mes orgues barbares sifflent au son du drame, un concert prodigieux d'ondes et de pierres !

Ma fange en quête d'infini descend l'escalier de l'excitation jusqu'à Roquebillière et je n'ai aucune clémence bien que je sache que ce village ait déjà subi un désastre, qui n'est pas de mon fait.

Après des pluies torrentielles, une menace s'est dessinée et dans la nuit du 24 novembre 1926, une masse énorme de terre s'est détachée de la montagne et a glissé jusque dans mon lit, entraînant destructions et morts.

Devant les dangers persistants, le vieux village a été abandonné et reconstruit sur un autre emplacement, un pont érigé et en contre bas, une passerelle métallique.

Moi, impassible, je m'attaque au pilotis du ponceau piétonnier allant de ma rive gauche à ma rive droite et qui brave mon onde écumante.

Je frappe ses fondements, il frémit d'épouvante devant mes eaux bouillonnantes. Bientôt, je l'arrache par moitié et ses débris confusément épars flottent, avant qu'ils ne soient happés par la violence de mon courant.

J'arrive, en grand serpent, j'entre par vos portes, par vos fenêtres, comme un long ligament, comme un reptile gigantesque, une sombre courroie, rampant avec fracas dans mon frottis d'écailles, inexorablement, je m'écoule, cosmique, interminable.

De ma tête gonflée de fureur, d'une fixité morne, je me love pour frapper et de mon dard vibratile, frétillant de toute ma fièvre, de mon appétit vorace, je me sens capable de dévorer le monde. Et de monstre, je me transforme en ventre et j'attends ma prochaine lippée.

Alors, vous assistez sur vos écrans à cette petite maison qui me fait la guerre et qui me dispute longtemps les restes de la terre.

Dans cette habitation de Roquebillière, un couple de personnes âgées se réfugient au premier étage et vous font des signes jusqu'au bout, à l'aide d'une petite lampe.

À ce seuil épouvanté, j'ai frappé pour demander mes proies. La fuite est impossible, sur le pas de leur porte, je me suis assise comme un malheur et de mes ailes funèbres, de mes bras inassouvis, sur leurs corps, je dépose mon funèbre linceul.

Et pendant ce combat, mes flots non ralentis effacent à vos yeux ce logement, j'engloutis mon humaine pâture, je me repais de cette chair encore tiède.

Mon eau saturée de ces dépouilles détrempées, s'empourpre comme une infusion de vigne rouge, une âcre tisane au goût de sans retour, je deviens sépulture…

Dans ce jour d'angoisse et de tristesse amère, ces vieux se sont liés pour mourir, pour s'endormir à jamais dans le néant.

La maisonnette devient un cimetière dansant où les péris se heurtent dans un farouche pêle-mêle, l'alliance au doigt.

Leurs ombres unies percent mes eaux noires, ainsi, ils régneront longtemps dans vos mémoires !

Vous endossez ce deuil d'octogénaires dont les images dévoilent sous forme de nécrologie, une pluie d'évocations, indices de leur vie passée.

Le monde pleure en direct, effaré par cette vision funeste, sur téléviseurs grands écrans !

Tel fut leur agonie, ils n'ont pas pu quitter leur bien, ils sont partis unis entre eux dans leur torture mutuelle.

Ils se sont offerts à mon onde, le front misérable, contre toutes mes fluides douleurs, ils trouvent ainsi, un même asile.

Ils ont jeté leur vie à mes délices, et je souris de volupté quand leurs spectres se mêlent à ma danse. Vos cœurs se serrent épouvantés, mais tous, insensés, vous êtes complices de ma félicité !

J'enivre mon cours de ces trophées, je me noie dans mon torrent riant d'orgueil, le malheur a frappé vos faces, mais mon bras reprend le glaive, pour une auguste fatalité.

Vous êtes soumis à ma force. Là, je l'exerce jusqu'au bout, je fais de vous « ma chose » au sens le plus littéral, car je fais de vous des cadavres ! Je sais ma virulence tueuse, brute, grossière.

Ainsi, sous mes flots montés, tout disparaît lentement par degré, la terre s'effrite, des pans de montagne entiers viennent rejoindre mes berges qui donnent un aspect dévasté, à la face du monde.

Quelques maisons, éventrées dans un combat inégal, montrent leurs entrailles pour attester de l'œuvre de vos mains. Tout est mutilé et tombe en déliquescence, telle une plaie amère aux fétides relents.

Les voies d'accès sont ravagées, vos réseaux de distribution d'eau, d'électricité et d'assainissement sont emportés avec les routes et les ponts.

Ma masse liquide déborde, submerge, inonde au-delà de l'ivresse, je redessine le paysage. Les villages en détresse se vomissent dessus et les versants nus sont striés de plaies suintantes, tout est défiguré.

La flore est recroquevillée, rabougrie, mouillée, la faune terrée et les rafales de perles déferlent sur ce monde saigné.

Alors, dans la terre qui sombre dans l'obscurité, les rideaux d'eau étouffent tous les autres bruits dans un silence liquide, seule l'eau peut encore circuler.

LA BOLLÈNE

Les heures se consument. « Sinistre », vous retournez ce mot dans vos têtes avec angoisse et lassitude.

Je crache maintenant un infini ruban terne dans les miroitements incertains de la nuit. Le ciel semble un toit d'ardoises froides et nébuleuses.

Plus de couleur et c'est une désolation, juste en écho, la valse des rochers qui s'entrechoquent, dans un immense fracas, d'explosions de pétanque.

Les ultimes lueurs des phares des secouristes allument le décor monotone, d'acier gris. Ils ont au cœur, la lueur qui fait vaincre la peur, comme un feu qui s'allume dans le noir, ils ne baissent pas la tête, le courage et la persévérance sont gravés dans la mémoire de leurs consciences.

Plus bas à l'embranchement de la Bollène Vésubie, un de vos enfants du pays saint-martinois et son supérieur sont en intervention dans un véhicule de pompier.

La route est glissante, je les sens aux abois. Quand la nuit sonne, intenable moment, je fais voler en éclat, la chaussée qui porte leurs pas.

Équilibre improbable, où le hasard rêvasse à cet instant, puis attirés dans mon piège dentu, j'ouvre une brèche et les entraîne dans un monde inconnu, un endroit où dort le silence absolu.

Par surprise, en traîtresse agressive, dans l'ombre du soir, j'invite la camarde, pour emporter leurs vies. En cet instant, leur véhicule, dans un feu de métal, éclate dans mon fluide ballet, comme un ballon.

Et moi, j'abrège leur carrière, je les couvre de mon linceul d'eau saumâtre, ils n'auront plus de printemps, et dans cette nuit sans fin, je les recouvre comme une mère.

Suivent leurs collègues qui s'arrêtent juste à temps pour entrevoir mon lit gorgé d'embruns. Ils sont sur ma rive impuissants et inutiles, ma main froide s'est refermée en un glissement de fer, dans les ténèbres.

Autour de moi, souffle une ronde de lamentations qui tache le sol d'expressions d'hébétude. Dans mon brouhaha continu et persistant, ils me scrutent dans un recueil de deuils, car ils ne lorgnent qu'un paysage de trépassés.

Ils hurlent dans mon vacarme, mais seule la nuit entend leurs appels. Des cris s'élèvent toujours, appellent, hèlent, mais moi, je ne suis encline à aucune compassion, Satan a entamé deux nouvelles fauches, accablante punition, qui les ramène au spectacle du vide !

Ils regardent, sans les voir, ces ruines de métal et de sang et ressentent des relents d'horreur. Désespérés, ils lancent une corde à leurs compagnons, mais la nuit, noire comme les entrailles de la Terre, a posé sa main sur ce décor.

Et l'opacité devient comme un cachot sépulcral, l'ombre est partout, ténébreuse, épouvantable, dans laquelle sont engloutis ces deux punis, gouffre profond, enfer, abîmes, ils se sont évanouis !

La stupeur clôt toutes les bouches. Ébahis, abasourdis, l'espoir évaporé, ils voient la vie de leurs coéquipiers envolée, ils assistent à la disparition prématurée, de ces jeunesses dérobées.

Ils sentent obscurément la perte, ils regardent ce fond de tombe, sans rien comprendre à ce cercueil roulant, submergé par les pierres qui tombent, et chaviré par les troncs furieux.

Cette séparation tord en eux les douleurs du manque. Ensemble ! un mot magique devenu un mythe inaccessible, un mot vêtu des oripeaux du passé, une ébauche de souvenirs antérieurs, ils vont devoir inventer une autre ordonnance, sans eux !

Près de mon oreille, ils gémissent, leurs cœurs se noircissent, et leurs yeux saignent, ils sont traumatisés.

Le malheur a jeté son souffle desséchant, une aride douleur les ronge et les brûle, la vacuité est dans tous les esprits.

La majestueuse vallée sonne le glas au son des blocs ensanglantés et en bon fossoyeur, mon flot danse et entonne la complainte des morts.

Moi, Vésubie, dans cette funèbre mêlée, je crache sur ce que j'ai été, j'en ai assez, je me venge, je mutile la terre, les hommes, je libère ma furie, dans cette crue centennale.

Écoutez les cris de la bête déchaînée, ce soir beaucoup de vos enfants sont partis, d'autres pleurent et Belzébuth se réjouit !

Regardez vos édifices qui baignent dans mes eaux, regardez-les périr, car finalement, je détruis sur mon passage, tout ce que vous avez construit…

Vos créations vivent des instants morbides, vos regards en sont perdus d'épouvante dans les ténèbres et dans la mouillure dont la nature est toute pénétrée, moi, je veux une part de votre monde !

Alors, restez avec moi, jusqu'à la fin de la nuit, je vous dévore, gardez les yeux bien ouverts, j'anéantis votre beau pays, ici tombent les derniers murs, les portes et les fenêtres.

Je sais que je reste à vos yeux le monstre, l'infâme, l'ignominieux, mes flots hideux tachent et souillent votre contrée, vous me maudissez !

Et dans l'espace, dans mon fluide qui décampe, dans la brume qui passe, j'entends votre complainte : va-t'en !

L'impuissance vous foudroie de ma magnificence. En fureur, je vous brise comme un fétu, je contemple, fasciné, vos destins abattus et vos biens roulés à la renverse.

Ainsi, je veux laver vos pêchés en creusant vos tombes, car jusqu'à l'aube, vous subirez mon ire vengeresse, en conséquence, je fonde votre agonie, la démence à mon poing, je vais droit sur vos murs.

Vous vous fracassez à cette dure réalité, vous êtes pétris entre mes flots et vos rêves sont trempés jusqu'aux os. Vous buvez la tasse de l'effroi et vos peurs jusqu'à la lie !

La nuit elle-même pense que je la déshonore, mais mes énormes maelstroms sont lâchés, les végétaux et les rochers libres dans mes remous forment un front phénoménal, que je ne peux plus stopper.

Alors, oui, je suis la cruelle qui nettoie vos ossuaires, à vos fenêtres flotteront bientôt les étendards en berne, car c'est un suaire que je traîne à ma main. Moi ! diablesse immense de l'ombre, j'étale sur vous, mes ailes noires.

LANTOSQUE

Je vais, fougueuse, ma lame au vent, reniflant toutes les pistes comme un chien qui part à la chasse, exultant devant tant de portes fermées, porteuses d'une vie, au destin confortable ou pénible, misère ou prospérité, face à ces mystères cachés derrière ces portes closes.

Devant l'une d'elles, je m'attarde, elle est en contrebas du grand pont qui m'enjambe à l'entrée du village de Lantosque.

Sa grande façade plonge ses hauts murs au ras de mes berges, la vigne vierge par endroit, s'enroule sur le devant et un énorme plaqueminier gagné par l'âge trône sur le côté.

Mes eaux furieuses attaquent son flanc gauche, elle semble porter sur elle le poids de la débâcle à venir, inanimée de vie, elle m'offre son crépi, ses pierres d'angle, quelques tuiles de son toit, puis toute sa devanture.

Je sens sa souffrance de n'avoir pu me résister exhibant son ouverture béante incapable de masquer l'intimité dont elle était gardienne, ses moulures écaillées s'affichant aux yeux de tous !

À cheval sur son rocher, ce bourg de montagne domine mes gorges escarpées, dans cet environnement encaissé, je ne peux qu'épargner le village.

Bientôt, j'arrive dans les gorges. Je retiens quelques poulies secrètes qui grincent en moi puis je les lâche en rafale comme des tendeurs violents.

Tout chahute, se tord dans un fracas qui résonne en écho, en un bruit de fin du monde, qui remplit les lieux.

C'est comme une déchirure qui encombre les lieux, je suis noyé en moi-même, sans l'impératif besoin de m'étendre, je me sens à nouveau vaciller dans ce fourreau de parois austères.

Une tension dans l'air brouille l'horizon, je ne peux pas dégager d'espace et sans espace, mon envie d'en découdre redouble.

Je me heurte donc, aux barrières de grès où se succèdent des falaises et des corniches, que des artistes tels que le vent, la pluie, le gel ont sculptées dans ce canyon.

Une couche épaisse d'humidité se confond avec la nuit et se pose jusqu'au fond de mon lit. Comme une verte couleuvre, je glisse le long des bords abrupts, je me tords en plis démesurés et fais râler d'horreur, les parois effarées.

Devant ces rochers monstrueux apparus brusquement, je suis emporté par une colère froide, car mes flots enclavés dans cette gaine ont la force du sang dans l'artère. Je jette ma fougue sur ces remparts dans des tourbillons de venin, avec un bruit d'enclume.

En arrivant du côté de Pélasque la vallée s'élargit de nouveau, je peux m'étendre et je viens posséder quelques champs.

Je dépose sur mes berges, les restes des hauteurs confiés à mon courant et dépecés malgré leur révolte sonore et sur ma périphérie gisent des monceaux de bois, que la vie a quittés.

D'innombrables fragments et lambeaux d'existences éclatées se sont aussi échoués sur mes rives et dans mon flot avide, j'ai emporté par le fond beaucoup de vos espoirs insensés.

À nouveau, je suis étranglé dans des ravins, je bondis d'une course aventureuse. Planté comme un poignard au ventre des falaises, un arbre gigantesque fend mes vagues et s'entête à se battre.

Il fait jeter dans l'air de formidables rouleaux, refusant l'abandon que je lui tends, dans un duel exaltant.

Et dans cette forte mêlée, la violence se marie à la brutalité, les monceaux de végétaux cadavéreux, les rocs s'accumulent et sont autant d'ouvriers, qui dans ma constance, travaillent à mon but final.

Des tâcherons sans fatigue, sans sommeil, qui sortent de mes gouffres pour changer votre éden, en enfer.

En forçats dociles, ils viennent tourmenter la prise d'eau de Saint-Jean-la-Rivière, ouvrage de tête du canal qui alimente la moitié des foyers de la Métropole niçoise.

Ils ouvrent quelques brèches sur vos constructions hydroélectriques et sur des kilomètres, ils éparpillent des galets, comme après un combat de titans, qui viennent s'endormir dans les trous que j'ai creusés.

Dans ce jour d'angoisse et de tristesse amère, aucun être ne peut s'assoupir, l'esprit atterré par cette inhumaine misère, déclenchée par moi, Vésubie, qui ne veut pas m'endormir et qui s'en va rejoindre, à grands flots, le Var, lui aussi en furie.

Soudain, je suis prise de dédain, une bouffée de morgue surgit en moi quand je vais rejoindre le long fleuve.

Je me grandis, je reprends contenance, en m'offrant à lui. Mes mains ne sont plus un étau, je m'unis sans les souillures d'une mêlée, plus docile…

SAINT-LAURENT-DU-VAR

Et moi, le Var, je suis comme un dragon aux griffes fluides. Dans ma fuite incessante, tout s'écroule, s'éboule, s'affaisse, choit, je me sers de mon cours comme d'une arme.

Elle amasse les décombres, traverse de part en part, elle accable, elle défigure, elle sait les humains impuissants.

Et cette idylle insolente, hypocrite, inclémente, stridente, impitoyable, souffle comme un vent de cimetière.

Mon long fleuve d'une sombre malédiction, tape, fracasse, mes eaux débordent de partout ! Elles se délogent des flancs maternels et comme une bête ineffable, elles frappent d'un contenu gémissant les blocs de pierre et les talus schisteux.

Avec ce départ brusque vers les banlieues, moi, fleuve en cru, je m'étale dans un remue-ménage et les arbres qui me bordent sont victimes de ma fougue.

Tous les vents mugissent, mes berges tremblent et de ma vengeance, en immense exécuteur, j'apparais bouillonnant et superbe entraînant vos forêts et vos vestiges, je disloque les hauts murs érigés en barrières.

Infatigable, invaincu, mon artère gonflée de la sève du Cians, de la Tinée, de la Vésubie, du Roudoule, du Coulomp et de l'Estéron, je déchire l'étoffe de vos rêves.

Tous mes principaux affluents se sentent victorieux, d'avoir tout occis, sur leur passage. Ils me font don de vos ruines ravagées et j'avance comme une froide menace, brisant vos cataractes, vos bassins, vos réservoirs.

Et moi, dont le monde ignore encore ma puissance, esprit mystérieux, mortel, ange ou démon, que je sois bon ou fatal génie, vous allez détester ma sauvage agression et maudire le bruit de la foudre et des vents se mêlant à l'orage, en couvrant la voix de mon flux.

L'horreur et la terreur sont mon domaine, ainsi je dédaigne mon lit, et sépare les rocs alentour et j'étale sur mes berges les débris du naufrage et sur vos rivages tous noircis, les restes du carnage.

Je suis digne, je suis seigneur, je ne supporte aucun outrage, j'engloutis avec délice, je hache tous les captifs de mes mâchoires d'épaulard, rien n'assouvit ma fringale. J'avale sans discernement, vos plus infâmes résidus, de mon appétit dévorant.

Bientôt, je me fonde dans un mariage d'eau douce et d'eau salée, le désordre de la nuit, le trépas, le bruit, entre en quartier et comme un char triomphal, d'éclairs environné, j'étale, j'éparpille, j'entasse tout ce qui n'a eu pour tombeau, que les ventres gloutons de mes assistants en furie.

J'affiche sur la terre abîmée et outragée ce monde bouleversé et brisé, ce monde assassiné par ma sourde colère et comme un tsunami, j'avale l'espoir et les consciences.

Les plages du littoral montrent leurs limbes sombres dans le jour pâle et sanglant qui fait fuir les ombres.

Alors, vous allez découvrir, homo plasticus, homo électronicus, vos grèves élevées à des hauteurs immenses par des masses de décombres, de ruines, de débris, de remblais, de noirs fantômes qui touchent presque le ciel irrité et montre l'agonie, de votre univers perdu.

Je dépose sur le sable, une nappe de déchets de près de 3kms de long et d'une dizaine de mètres de large.

Des milliers de tonnes de bois dérivent en Méditerranée et ces monceaux, poussés par le courant ligure, s'échouent massivement le long de vos côtes et viennent souiller ces lieux préservés, vous rapportant les objets de vos outrages.

L'horreur, pour de longs moments à dénombrer tous les dégâts dans ces paysages ravagés d'une intensité inhumaine qui engendre de sombres constats.

La tourmente est dans tous les foyers, tout devient tristesse et elle dépasse la vôtre, lorsque je me jette dans la mer, avec les sanglots de la terre, qui pleure, ce qui est gâché.

La fatalité partout vous environne, l'aspect du désordre, du chaos de vos rivages, vous épouvante. De frayeur, d'effroi et de détresse, vous ouvrez alors vos yeux, sur ce fluide élément, qui n'est autre que votre vainqueur !

LE LENDEMAIN À SAINT MARTIN

Quand la nuit fatiguée de vagabondage fait place à l'aurore qui arrive en silence sur mes rives, mes flots s'ouvrent à elle, en cherchant encore ses frontières.

Moi Boréon, esseulé dans la clarté nouvelle qui se jette sur moi et me prend dans ses bras, elle semble, avec les pierres jonchées sur mes berges, les seules à me reconnaître.

Dans ce lever du jour, c'est presque le calme, les nuées se sont dissipées. Une tranquillité approximative, celle où les hommes retrouvent la vie après le désastre qui a jonché leur terroir, de défunts, de débris, de décombres.

Amère et pâle rosée du matin qui vous étreint, où la brume opaque et sinistre absorbe vos espoirs incertains, tout vous semble flou, votre univers est teinté de doutes.

Mon flot devient une traînée de pure brillance qui s'allie au lapis-lazuli dans une fusion froide au-delà de toutes couleurs.

La lumière tombe de l'azur et se reflète dans mes ricochets écumants, dans des trombes de sonorités fluctuantes, d'une palpitation un peu assagie.

Maintenant, le son du jour est celui de mon fluide qui hurle sur ce fléau, mon courant ronfle de village en village jusqu'à la consommation totale de l'espace et du temps.

L'aube chuchote à vos oreilles la révélation du gouffre et de l'abîme. Et ce matin n'est plus qu'un immense désert de cailloux gris, comme un champ de guerre, où les oiseaux du ciel prennent leur envol, en se taisant.

Personne ne s'attendait à une telle catastrophe, pertes de vies humaines au pluriel, emportées comme des étoupes sans laisser de trace et dans le remue-ménage de mon onde géante, vos maisons, vos autos.

Je vous ai longtemps égarés, avec mes eaux tranquilles, jouant à me faire oublier, mais je les ai ranimées, sourdantes de mémoires et de froides liqueurs.

J'ai tout rasé sur mon passage comme un camouflet, masses de chair, de fer, de bois, de pierre reposent maintenant, dans mon cimetière.

Vous vous éveillez sur un jour où l'éclairement solaire écrase les couleurs. Vers 8 heures, le bleu est partout dans le ciel, il transperce toutes les épaisseurs, il recouvre cette fin du monde.

Devant l'horreur, comme une erreur de la nature qu'il vous faut supporter, j'ai fissuré vos cœurs qui saignent à tout jamais en crevassant vos consciences de mon hystérie effrayante, durant cette nuit d'angoisse et de frayeur.

Vous, qui pensiez que la satisfaction, pleine de clairs destins, vous convierait sans fin, vous qui criiez au profit qu'il était votre droit, je vous indique, d'un coup, une belle débâcle.

Vous qui le hurliez si fort, que vous avez fini par y croire, je vous montre que grâce à ma ténacité, je tiens l'aile immense et blanche de la victoire et cette réalité, d'un monde d'une harmonie sous tension, vous saute au visage !

Mon génie invincible éclate en chants funèbres, vos cris de désespoir sifflent comme de sombres concerts, le désastre est votre spectacle, vous êtes mes victimes et vous semblez dire adieu, à toute perspective…

J'ai triomphé et mon fluide, sur un mode infernal, chante un hymne glorieux, au dieu de l'eau. Je vais vous obséder longtemps, je viendrai tourmenter vos esprits et la terreur se réveillera en côtoyant la grandeur de mon lit redoutable.

Ainsi s'insinuera en vous la peur, la crainte d'un danger latent, comme si mes eaux glaciales et tristes s'infiltraient en vous, en un corps froid, impassible, imperturbable.

Cette peur, telle une lame de fond s'insinuera en vous, mielleuse, telle une maladie honteuse, elle vous rongera de manière insidieuse, parsemant vos esprits anxieux d'horreur, vous hantant jusqu'à la déraison.

Vos pensées s'enliseront dans l'appréhension et vous prendront en otage, votre souvenir sera monopolisé par un effroi suprême, qui dépassera votre entendement et vous, touchés de si près, vous atteindrez un état de choc proche de la névrose, de la stupéfaction, de la sidération.

Mais pour le moment, l'épouvante habite vos images mentales, vous devenez fous en pleine raison, un cri faible jaillit de vos cerveaux, comme un appel à l'aide, pour que craque cette glaçure dans laquelle se figent toutes les scènes de la nuit.

Je vais geler vos mémoires et peupler vos yeux d'anxiété pour longtemps, avant que vous ne puissiez, vous débarrasser des stigmates et des cicatrices de ma destruction, qui dorment maintenant, à l'ombre de mes rives.

Je mets le deuil et les ténèbres dans vos cœurs, votre terre est votre supplice, vos yeux réclament tout ce qui vous était familier, je pèse sur vous comme un paquetage de misères et je deviens votre plus grande énigme !

Le pire est que vous ne reconnaissez plus ces lieux familiers, juste les regrets qui vous ramènent sur leurs traces. Vous regardez cette étendue qui vous faisait rêver, sans craindre que ma lame vulgaire ose bafouer votre monde.

Vous regardez cet horizon et, choqués, vous en perdez chemin et raison, vous le scrutez, lit minéral, inhospitalier, il n'est plus votre ami !

Cailloux, rocs, rocailles, anonymes et dépouillés, éléments ingrats, âpres, arides, figés dans un mutisme réfractaire, la pierre brute surgie massivement, envahit soudain votre paysage, écartant vos repères et vos possibilités de rêverie.

Vous, fatigués par cette nuit de péril, vous cherchez vos bornages, esseulés avec vos souvenirs qui se jettent sur vous, mais que seule la nature semble reconnaître.

Vous avez encore le goût à la bouche de votre ancien décor, mais ce que vous découvrez vous fait douter de vous-mêmes.

Vous ne savez plus ce qui est végétal ou minéral, vivant ou mort. Survivre ! vous crient quelques arbres encore debout, d'autres, couchés, en rampant, mais les imitant avec leur feuillage encore intact, réclament aussi leur part de vie. La nature donne à la nature des airs de survie !

Vous, les rescapés, vous êtes raidis, tendus, figés, égarés, après toutes vos pertes agitées, vous reprenez conscience, vous vous redressez lentement. Vous êtes sur les talus incertains qui me bordent et vous me regardez, hagards, rire à gorge déployée.

Ma réalité dilue petit à petit vos visions que l'habitude avait remplies comme elle pouvait. Aujourd'hui, votre prunelle est troublée par des contours défigurés, mais votre regard impuissant, ne fait plus la mise au point et ne vous rend pas les cadrages d'autrefois.

Calibrés sur l'avant, je vous joue un tour et vos réminiscences deviennent des courants d'air. Alors que vos repères vous quittent et s'éloignent, dispersés dans un triste puzzle, vous voilà, essayant de ramener des souvenances amères qui vous font prendre les nerfs.

Mais bientôt, un tapage vous réveille, vos secours survolent la vase noire de vos pertes, avec le vacarme incessant de vos hélicoptères. 146 personnes sont rapatriées de Saint-Martin-Vésubie, vers Nice.

Une foule d'égarés qui ne savent où aller, où se reposer et qui se réfugient dans les gymnases ou les hôtels, en quête d'un endroit plus accueillant. Tels des visiteurs inattendus, d'autres trouvent asile, en famille, en amitié.

Pour vous, c'est la délivrance, vous quittez votre village devenu symbole d'une nuit d'enfer. Vous êtes en fugue de ces lieux où vous ne voyez, que ce qui n'est plus. Le bonheur disparu se rappelle en cette place.

La file d'attente s'allonge, attente insupportable, vous avez froid, la nature s'est repliée dans sa sournoise froidure et vous n'avez plus de toit.

Suffocants de pensées sinistres, noyées dans l'absence d'envie, si ce n'est celle de fuir, certains pleurent des larmes acides qui brûlent leurs visages.

Le froid vous paralyse, le froid des sans foyer, je vous ai jetés à la rue, en figeant vos cellules avec mes dents de loup et ma mâchoire de fer.

Vous avez froid, de ce vide qui projette son ombre dans vos regards perdus et des soupirs étranglés au fond de vos glottes.

D'autres fouillent mon lit à la recherche de quelques vestiges, ils ne trouvent que décombres, anéantissements, effondrements, pertes, carcasses de maisons pleines du silence du saccage, lourdes d'une ombre couchée, détruites et cette ombre est la seule chose qui reste debout. Puis la porte se ferme sur le vide…

Ensuite, vous rouvrez l'étau de vos paupières, vous vous arrachez à l'opacité qui était votre ultime muraille. C'est le chaos, vous êtes affolés et vous comptez les disparus.

Cette nuit a dégueulé sa noirceur par mes fonds, des ombres ici et là se meuvent en silence, éclopées, goitreuses, je les régurgite de mes entrailles.

Partout où se promènent vos regards, le sort vous réserve la même désolation. Vous essayez d'étreindre le vent qui passe comme une consolation, mais lui aussi n'est qu'un reflet qui fuit.

Vous, qui autrefois ordonniez cette terre, vous n'observez, que l'outre-tombe des pièces d'un échiquier qui s'est déplacé, tout seul, le paysage de jadis n'est plus et vos esprits dévastés voguent sur ces décombres.

Vous m'imaginez comme une bouche vorace collée aux limons de mes rives, drainant la terre, creusant les vases de mon lit, traînant les sables, les galets, les végétaux, les débris, les cadavres…

Puis d'un coup, la vérité vous apparaît brutale, irréductible, le bonheur coutumier d'autrefois, constamment accessible, ce panorama que vous regardiez sans même y réfléchir, jamais vous ne pourrez à nouveau le saisir.

Toute la nuit, j'ai miné, de mon onde dévorante, les fondements du sol gluant et cette volonté vous hérisse de peur, ce long travail de frottement, de destructions sournoises, de lentes usures des berges, cette force fluide et ravageuse s'attaque aussi aux rivages de vos âmes.

Vous êtes surpris devant ce décor étranger et ce nouveau tableau d'un essor triomphal, vous apparaît comme un intrus qui fait mal. Je me suis lâché et j'ai écroulé la vision de vos rêves…

Alors, vous prenez conscience de l'amour insensé que vous portiez à votre terroir, à vos biens, aux disparus, à tel point que certains pensent qu'ils vont mourir de ces pertes, insondable mystère !

Vous êtes anéantis, mon cri de métal retentit toujours à vos oreilles, ma démonstration de puissance vous accable, ruinant d'un coup toutes les promesses de sérénité. Tout est dérangé, englouti, le long de mes berges, et ce grand chambardement revêt une ironie douloureuse.

Les miraculés dans l'affreux ravin de la désolation, l'esprit soumis, flottent au gré de ce malheur et s'enveloppent d'un drap glacé qui fait plisser leurs fronts, de deuil, d'effroi, d'angoisse... Ils tiennent bas leurs mines où l'humilité s'allie à la résignation.

Le fléau est partout, la source des sentiments est tarie et en perdant l'espoir, ils perdent aussi leur capacité de penser.

Et dans ce calvaire, leur appétence cède et décroît, certains n'ont plus de coin de feu, 93 maisons ont laissé place au néant.

Leurs yeux ne sont plus que pleurs, et de tout ce qu'ils ont aimé avec idolâtrie, ne reste que l'absence et les sanglots. Isolés dans ce monde sourdement hostile, ils chinent désespérément la moindre sympathie.

Ma vague s'est déchaînée, jusqu'à tout faire disparaître sous leurs pieds, alors, ils cherchent sur l'horizon blême, quelque chose d'encore animé.

Ils marchent sans but, à vouloir décrocher un instant d'infini, une inspiration passée, pour remplir leur vide. Leurs âmes semblent perdues, échouées et absorbées dans leurs soupirs, à ne pouvoir combler, la solitude qui les tient.

Chacun de leurs pas cache une fin du monde, entachée d'une ombre plus vive que la lumière, et leur vie flamboie de leur tristesse éparpillée, à la couleur d'une blessure d'un rouge expansif, à en mourir. L'écarlate violent du sacrifice sanglant, moi, ardent carnivore j'ai sucé le sang de mes victimes.

La mort s'est faite vie dans mes flots et dans ma suprême tombe, parmi les vôtres, beaucoup ont trouvé la nuit.

Alors, ils sont à la dérive, comme des marins sans navire, ils chavirent, ils perdent la raison, leurs regards s'abîment, ils observent le contour qui s'est endormi à leur côté, ils se saoulent du pire.

Entre vos prunelles se glissera pour longtemps cette nuit terrible imprimée au vif, avec une clarté cruelle et l'acuité de sa réalité sera si pénétrante que vous allez souffrir d'insomnies, interminablement. De ma force, de ma patiente ténacité, je vous ai écrasés de haut.

Vous allez éprouver le trouble bien définissable du danger, une sourde appréhension, une inquiétude durable, une émotion bien formée qui rôdera en vous, douloureusement.

Ma vague a emporté au loin, mes débris détritiques comme une marée montante. Vous avez vu s'écrouler dans mon gouffre écumant, les travaux démantelés de vos enfantements.

Vous n'avez pu lutter contre ma force, votre raison mutinée n'a plus comme horizon qu'un champ de ruines et dans ce cercle que j'ai borné, je vous montre votre place.

Votre crime, humains, est d'avoir voulu tout contrôler, de m'avoir ignoré, de m'avoir sous-estimé, de m'avoir conçu selon votre intelligence ou selon votre audace, de m'avoir contraint, d'avoir fait de moi, votre ouvrage et de m'avoir tenu en esclavage, pourquoi reculer devant cette vérité ?

J'ai obscurci la beauté de votre monde, la souffrance a enfoncé ses griffes dans vos gorges et vos pleurs inondent votre vision.

J'ai élevé des murailles de déchets et j'ai étendu dans vos cœurs le regret, l'amertume, le chagrin, le découragement.

Vous connaissez maintenant, l'épreuve du retour vide du cimetière, la mère et le père ignoreront où leur fils est couché dans mon eau glacée, au goût du trépassé.

Au milieu de ce chaos, un miracle s'est produit. Porté disparu, un gendarme de la brigade locale de Saint-Martin-Vésubie, est réapparu sain et sauf, le samedi.

Mon bras tentaculaire avait effondré la route sous ses pas. Il se cramponne à une branche, la terre est liquide, et tout de suite mes eaux en contre bas, le menacent de l'infâme endosmose.

Un frisson le saisit et lui enveloppe la poitrine quand le torrent lui apparaît puissant, rué de ténèbres.

Bientôt, il sent un muret bourbeux dressé sur la paroi et dans un effort désespéré, il rejoint le tertre solide. Le sommeil du tombeau ne passera pas sur ses paupières.

Ensuite, il trouvera un asile, qui de haut, regarde la rivière. Il frappe et cette maison délicieuse mais sombre comme un chaste sanctuaire, lui donne quelques tremblements, tempérés par l'accueil, dès qu'il franchit le seuil.

Il regagnera le lendemain, sa caserne et quand la nouvelle est diffusée, il a le visage crispé, il a évité le saccage. Sa voix a une sonorité métallique, ses yeux ont la couleur de la terre trempée, malgré tout, ce regard illumine cette nuit cauchemardesque.

Devant cette réapparition, vous êtes pris par le sentiment de ma grandeur, qui fond sur vous et vous laisse un grand vide et soudain la vive sensation, devant ma puissance colossale, de votre petitesse.

La force de mes eaux, mon sauvage emballement, tout ce monde démesuré s'enfonce dans votre âme et vous devenez brusquement sensible à l'amplitude de ma férocité, qui ébranle votre être, d'une ampleur retentissante.

Maintenant, vous m'observez fendre le calme dans le coassement macabre et perpétuel de mon flot en guise de signature.

Beaucoup d'entre vous, résignés, ont quitté mes parages secrets, fermant leurs bâtisses devant l'horreur, claquant leurs portes et leurs fenêtres, comme une gifle de dépit à ce paysage de catalogue et de rêves brisés.

D'autres sont restés, ils ont froid entre leurs murs, ils réalisent alors qu'ils ont froid dans leur vie. Des larmes de désarroi derrière leurs paupières, ils déglutissent chaque fois que l'envie de pleurer se mue en envie de vomir.

Ils n'ont pas fui, mais ils ne peuvent rompre avec cette réalité folle, avec ce spectacle accablant qui se donne à eux.

UN NOUVEAU SOUFFLE

Qui n'a jamais rêvé d'une deuxième chance ?
D'un monde où tout serait en émergence,
Pas d'obstacle ni de crainte,
Ne plus se perdre en labyrinthes.
Avoir ce courage n'est pas signe de faiblesse,
Mais une force qui montre la sagesse.
Une volonté de donner un deuxième souffle,
À tout ce qui a été laissé dans les pantoufles.
Beaucoup sont partis avec armes et bagages,
Pris par l'urgence de cet effrayant ravage,
Et reviennent bien vite au point de port
Pour travailler sur un nouveau décor,
Pour que, tous ces morceaux de rêves
Et de contentement, enfin, s'achèvent
Et faire partie intégrante de la mosaïque,
D'un avenir beaucoup moins prosaïque,
Qui ne préjudicie, surtout personne,
Dans cette nature, que chacun affectionne !

Que va devenir votre « petite Suisse niçoise » appelée ainsi en raison de son climat frais et de ses beaux paysages naturels ?

Ce magnifique cadeau, où vous pouvez errer, où les forêts vous enlacent et vous serrent, où les torrents coulent paisiblement, qu'avez-vous fait de ce présent ?

Vous avez craché sur ces offrandes, pour vos basses affaires, pauvres ingrats, vous détruisez et vous ignorez le respect de la vie !

Moi, je n'ai pu le supporter, toutes mes larmes vous ont inondés, vous qui vous êtes acharné à me faire pleurer, de mon ire, je vous ai fait trembler.

Vous, dont les exploits et les ouvrages vous paraissent idéals, vous percevez d'un même œil, les caprices de ma nature, dans cette nuit d'erreur, où je vous ai plongé.

Lorsqu'avec mes puissances suprêmes, je suis apparu de mes poings crispés dans votre monde dévoyé, j'ai mis bas toute ma hargne et j'ai conçu une triste expiation, une accablante punition.

J'ai choisi votre terroir pour déverser mon courroux et faire rejaillir la haine qui m'accable, sur l'instrument maudit, de vos méchancetés.

Vous avez ravalé l'écume de mon inimitié, car ne comprenant pas vos desseins de conquête, j'ai préparé mon désordre liquide, pour contrecarrer vos forfaits.

Vous avez oublié que la nature est puissante, parfois destructrice, je me suis fait l'écho de ces catastrophes que vous subissez et j'ai brisé des vies à travers ma prouesse terrifiante, grâce à ma force qui vous dépasse !

Je vous ai montré de manière claire que la nature est à la fois herculéenne, dangereuse, délectable, cultivable et que sa diversité doit vous conduire à réfléchir sur vos comportements à adopter, à son égard.

Vous vous leurrez en pensant dominer la nature, je vous ai longtemps laissé feindre cette conquête, mais votre connaissance sera toujours imparfaite, car en cherchant à améliorer vos conditions de vie, vous prenez aussi conscience, de vos propres limites.

Hommes, qu'avez-vous fait à votre terre mère pour la rendre si amèrement rebelle ? Je vous ai envoyé un avertissement, vous avez un devoir de vigilance auprès de votre sol nourricier et devez envisager une cohabitation pacifique, plutôt qu'une domination pure et simple ?

Ainsi, j'espère que vous saurez tourner votre lucidité vers le vrai, le beau, le désintéressement.

Dans les premiers jours, je vous ai vus opter pour un véritable élan de solidarité et pour alléger votre souffrance, vos politiques se sont manifestés, ébranlés de vous voir porter dans vos bagages, tout ce désespoir.

Ils vous ont vus désemparés, quitter cet enfer, car vous vous êtes retrouvés comme des épaves échouées dans ce naufrage.

Une tempête de médias s'est déchaînée, une chaîne humaine, une cordée fraternelle s'est mobilisée, vos consciences n'ont pas sombré dans la mer de l'indifférence !

Vous vous êtes sentis de raison et dans ce trouble, vous avez aspiré à aider pour apporter un réconfort mérité.

Mais j'ai vu aussi plus féroces que moi, les malfaisants, les chercheurs de noises invétérés, agissant pour nuire, avec tous leurs stratagèmes véreux, brandissant leur méchanceté comme arme de combat, refusant leurs portes, leurs accès et leurs passages.

Et puis j'ai observé, aussi, ceux qui trahissent la confiance, faisant croire qu'ils ont tout perdu, ombres de Satan au cœur dépotoir, ces profiteurs doublés de menteur, usant de ruses, sans sentiments et sans scrupules, sautillant sur toute la gamme de la fourberie.

Heureusement, vous avez ouï de beaux discours *« Il va falloir reconstruire très vite, mais de manière résiliente et durable, en limitant l'artificialisation des sols, en préservant les espaces naturels pour prévenir les catastrophes. »*

Et pour reconstruire la vallée de demain en garantissant son identité, son environnement, en redonnant à la population des espoirs sécuritaires, en évitant les erreurs du passé pour ne plus être le jouet de toutes les circonstances, dans ce monde qui fait face à des urgences écologiques et climatiques planétaires, comment allez-vous vous y prendre ?

Car depuis des décennies, je constate avec effroi la transformation des sols naturels par des aménagements d'habitats, d'infrastructures, d'équipements, d'activités diverses, empêchant leur perméabilisation.

Vous portez en vous la responsabilité de tout ce qui vit et que vous devez respecter ? Attelez-vous à votre tâche, pour rebâtir dans la réflexion, le vrai édifice de beauté que doit être la terre des hommes !

Dans ce vaste territoire du parc National du Mercantour, la richesse biologique et la beauté paysagère méritent la pérennité de ce patrimoine exceptionnel qui justifie une attention particulière.

Car vous êtes à la croisée des enjeux du développement durable, de l'aménagement du territoire et de la conservation de la biodiversité.

C'est plus que jamais le moment d'affirmer l'incroyable modernité de votre ruralité, au cœur d'un espace naturel protégé et valorisé, sans oublier traditions et pastoralisme.

Changez de paradigme, face aux dégradations environnementales provoquées par votre ambition et votre avidité. Je vous ai rappelé ma puissance, je vous ai effrayés, car je suis devenu un risque, pour vous, vos biens et vos activités.

Par cette démonstration de force, je vous incite à une grande humilité et à reconsidérer votre rapport à la nature, à sa puissance dévastatrice, pour trouver les ressources internes à notre beau territoire, pour faire face aux évènements, en limitant leurs impacts.

Je vous vois enflammés par une mer de connaissances et manquer de sagesse pour guider votre propre destin, la nature disparaît et vous continuez à l'ignorer en vous précipitant sans but conscient, vers un avenir inconnu.

J'ai découvert que dans votre monde d'une complexité toujours croissante, vous avez construit des mille-feuilles tels, que la stratégie à adopter devient l'inaction et l'apathie, car vous vous sentez, impuissants et tristes.

Alors, vous aussi êtes en colère et vous blâmez, tous ceux qui ont position de pouvoir ne rien faire pour arrêter quoique ce soit, dans votre long processus d'engourdissement.

Ainsi, je vous mets face à vos responsabilités, cessez de stigmatiser les autres et pensez à ce qu'il vous est possible de fournir pour les prochaines générations, plutôt que ce que vous pouvez prendre pour vous-mêmes.

Une société moins individualiste et plus compatissante va de pair avec une plus grande implication dans vos actions pour métamorphoser, changer de modèle et développer vos actifs naturels.

Pour penser l'avenir, pour reconstruire et réinventer votre futur, ne devez-vous pas redéfinir votre rapport aux autres, à votre environnement, sans la précipitation d'une urgence pragmatique qui se pérenniserait, après cette catastrophe ?

Dans l'interconnexion de la nature à votre monde, réfléchissez à l'identification et la mobilisation de moyens appréhendant le processus environnemental, dans toute sa complexité et toute sa globalité, pour vous aider, vous humains, à devenir plus résilients.

Regardez, de quelle stupéfaction vous êtes frappés quand vous apercevez mes rives dépouillées de vos chalets, nues, lunaires, les arbres renversés, émondés, retournés. Mes berges portent là, les tristes stigmates, de votre faiblesse.

Gardez à l'esprit que votre but n'est pas un monde parfait, mais un monde meilleur, ce qui vous permettra une synchronisation et une orientation supérieure de vos actes, vers ce point d'équilibre, entre vos besoins et ceux de la nature !

Mais je m'alarme devant vos paradoxes primaires, vos intolérances. Certains disent apprécier le ruralisme, mais ne supportent pas les cloches des vaches ou des églises ! Pourtant, leurs lents tintements sonnent comme une volée de soupirs dans vos vallées.

Vos éleveurs aussi sont confrontés à la montée de certaines exigences naturalistes, avec la réintroduction du loup.

Le canidé est arrivé dans votre grand « garde-manger, agneau pastoral » où les bergers n'ont pas l'habitude de voisiner avec le prédateur.

J'ai vu aussi, vos paysans condamnés à payer amandes et dommages et intérêts aux plaignants, à déplacer leur bétail, planquer leurs ânes et barricader leurs gallinacés !

Vous êtes obligés de légiférer pour préserver le patrimoine sensoriel de votre ruralité. Pourtant, ce capital commun composé d'espaces naturels comprend également les bruits et les odeurs qui les caractérisent.

Autant de poncifs qui sont source de conflits et de tensions, un défi entre naturalité et ruralité. Votre société devient de plus en plus individualiste, l'égoïsme y règne et fait votre malheur !

Alors, pourquoi ne pas faire émerger des qualités, des valeurs et des pratiques originales, une sorte d'hybridation fructueuse pour cohabiter ?

Ne devez-vous pas opérer les changements que vous souhaitez pour votre terroir ? Vous avez agi trop longtemps comme des somnambules en vivant dans un brouillard éthique, en regardant passivement les problèmes, attendant qu'ils disparaissent !

Vous vous êtes endormis, apathiques, dans des sentiments de complaisance, coincés dans vos schémas quotidiens, vivant sur votre pilote automatique, quand il ne s'agissait pas de vos intérêts propres.

Mais là, quelque chose a mal tourné, je vous ai crié en pleine face que je ne suis pas à vendre, que je suis respectable !

Comment allez-vous gérer correctement votre environnement et ne plus considérer la nature comme quelque chose d'exploitable ou à protéger pour la sauvegarde de votre haut patrimoine, dans toute son authenticité ?

Il vous importe aujourd'hui plus que jamais de cultiver cette relation intime avec elle et que vos perspectives et vos actions incarnent cette conscience intégrale, qu'elle et vous, ne font QU'UN.

Suivez et recherchez la sagesse, osez explorer d'autres approches, cherchez à mieux comprendre les interactions entre les différents phénomènes, je vous offre les circonstances particulières, pour que ce basculement s'opère.

MOI, je me suis offert un lifting à ma façon ! L'image du temps passé ne se réfléchit plus dans vos mémoires, le beau miroir est fêlé, j'ai ouvert ce gouffre, pour votre reconstruction ! Je vous donne rendez-vous dans quelques années !

FIN

6 morts, 6 disparus
93 bâtiments détruits à Saint-Martin-Vésubie et
23 bâtiments à Roquebillière
85 caveaux emportés à Saint-Martin-Vésubie et
164 cercueils

Merci à Lionel, Michèle, Paulette, Élisabeth, Françoise, Catherine, Alain, Gérard, Jean-Luc , Dany et à tous ceux qui de près ou de loin, au cours des conversations, ont apporté leurs témoignages, pour que cet ouvrage puisse se construire.

Table des matières

PRÉFACE...1

LE BORÉON...5

LE PARC AUX LOUPS ET LE PONT MAÏSSA 25

EN AMONT DE SAINT-MARTIN-VÉSUBIE.............41

LA GENDARMERIE ET LA STATION-SERVICE 53

LE BAS DU VILLAGE 63

ROQUEBILLIÈRE..75

LA BOLLÈNE...81

LANTOSQUE 89

SAINT-LAURENT-DU-VAR 95

LE LENDEMAIN À SAINT MARTIN 101

UN NOUVEAU SOUFFLE 115

Dépôt légal 2021
ISBN 978-2-491689-45-2

Éditions « IL EST MIDI »

Printed in Poland
by Amazon Fulfillment
Poland Sp. z o.o., Wrocław

80107094R00081